अध्याय
१०,११

दर्शन गीता

महानता योग और विश्वरूपदर्शन रहस्य

Personal Diary of Arjun

दर्शन गीता

महानता योग और विश्वरूपदर्शन रहस्य

Personal Diary of Arjun

by **Sirshree** Tejparkhi

प्रथम आवृत्ति : जुलाई २०१८

प्रकाशक : वॉव पब्लिशिंग्ज् प्रा. लि., पुणे

© Tejgyan Global Foundation
All Rights Reserved 2018.
Tejgyan Global Foundation is a charitable organization
with its headquarters in Pune, India.

© सर्वाधिकार सुरक्षित

वॉव पब्लिशिंग्ज् प्रा. लि. द्वारा प्रकाशित यह पुस्तक इस शर्त पर विक्रय की जा रही है कि प्रकाशक की लिखित पूर्वानुमति के बिना इसे व्यावसायिक अथवा अन्य किसी भी रूप में उपयोग नहीं किया जा सकता। इसे पुनः प्रकाशित कर बेचा या किराए पर नहीं दिया जा सकता तथा जिल्दबंद या खुले किसी भी अन्य रूप में पाठकों के मध्य इसका परिचालन नहीं किया जा सकता। ये सभी शर्तें पुस्तक के खरीददार पर भी लागू होंगी। इस संदर्भ में सभी प्रकाशनाधिकार सुरक्षित हैं। इस पुस्तक का आंशिक रूप में पुनः प्रकाशन या पुनः प्रकाशनार्थ अपने रिकॉर्ड में सुरक्षित रखने, इसे पुनः प्रस्तुत करने की प्रति अपनाने, इसका अनूदित रूप तैयार करने अथवा इलेक्ट्रॉनिक, मैकेनिकल, फोटोकॉपी और रिकॉर्डिंग आदि किसी भी पद्धति से इसका उपयोग करने हेतु समस्त प्रकाशनाधिकार रखनेवाले अधिकारी तथा पुस्तक के प्रकाशक की पूर्वानुमति लेना अनिवार्य है।

Darshan Gita

Mahanta Yog Aur Vishwaroop Darshan Rahasya

Personal Diary of Arjun

यह पुस्तक समर्पित है स्वअनुभवी संजय को
जिन्होंने धृतराष्ट्र को महाभारत की
लाइव कमेंट्री सुनाई और संसार को स्वअनुभव पर रहते हुए
कर्तव्य कर्म करने की सीख दी।

प्रस्तावना

हम ब्रह्मास्मि

तुम सा सारी दुनिया में, न होगा कोई और
जुबाँ पर आज दिल की बात आ गई...
यूँ तो मन ने लाखों अनुभव लिए हैं
तुम सा नहीं लिऽऽया...

ये हैं आज के अर्जुन के दिल से निकले शब्द, अर्जुन की पर्सनल डायरी, जब उसने भगवान श्रीकृष्ण का विश्वरूप दर्शन किया। क्या आप भी यह विश्वरूप दर्शन करना चाहेंगे? यदि हाँ तो उसके लिए अर्जुन जैसी पात्रता तैयार करनी होगी।

देखिए, तीन तरह के लोग होते हैं। एक वे जो गीता का ज्ञान अनुभव में लाना चाहते हैं। इसके लिए वे गीता के श्लोकों का अभ्यास करते हैं। दूसरे वे जो सोचते हैं, 'ये हमारे लिए नहीं है। ठीक है श्रीकृष्ण ने अर्जुन को विश्वरूप दर्शन करा भी दिया तो इससे हमें क्या लाभ? जो अध्यात्म में प्रगति करना चाहते हैं, यह उनके लिए है' और तीसरे वे लोग जिन्हें गीता-ज्ञान में कोई रुचि नहीं है।

यह पुस्तक तीनों तरह के लोगों के लिए ज्ञानवर्धक साबित हो सकती है। पहली तरह के लोगों (के-३) के लिए यह अर्जुन जैसी पात्रता तैयार कर सकती है। दूसरी तरह के लोगों के गलत अनुमान को तोड़कर गीता का ज्ञान सभी के लिए आवश्यक है, इसका एहसास करवा सकती है और तीसरी तरह के लोग यानी माया

में लिप्त इंसान में सत्य की प्यास जगा सकती है।

गीता के ज्ञान को तीन तरह से आत्मसात किया जा सकता है- पढ़ना... सुनना... और सुनाना। आइए, जानें कि कैसे पढ़ें, कैसे सुनें और कैसे सुनाएँ।

कैसे पढ़ें : कुछ लोगों की आदत होती है कि वे पुस्तक को बीच से ही पढ़ना शुरू कर देते हैं या जो पेज खुल जाए उसी पेज से पढ़ने लगते हैं। कोई अंतिम पेज खोलकर देखता है कि उसमें क्या लिखा है। वे क्लाइमेक्स को पहले जानना चाहते हैं। कोई प्रस्तावना से शुरू करता है तो कोई प्रस्तावना छोड़कर पुस्तक पढ़ना आरंभ करता है। ये सभी आदतें भगवद्गीता पढ़ते वक्त छोड़नी होंगी। जब भी गीता पढ़ी जाती है तो उसे पूरा समझना ज़रूरी है। बीच में से पढ़ने पर लिखी हुई बातों का संदर्भ नहीं लग पाता और इंसान अपने अनुमान लगाकर अर्थ का अनर्थ कर बैठता है। कुछ अलग ही मतलब पकड़कर बैठ जाता है और अपनी ही हानि कर देता है। इस मिसिंग लिंक को अच्छे से समझ लें तभी आप गीता के सभी अध्यायों को सही ढंग से ग्रहण कर पाएँगे।

कैसे सुनें : जब आप गुरु मुख से गीता का श्रवण करते हैं तब अपने व्यक्तिगत मन को अर्थात धृतराष्ट्र को बाजू में रखकर, आध्यात्मिक मन अर्थात संजय को सुनने दें। वरना अब तक आप जो भी सुन चुके हैं, उसके आधार पर आपका व्यक्तिगत मन गुरु की वाणी को तौलने-परखने लगता है। जिसके परिणामस्वरूप सच्चा ज्ञान ग्रहण नहीं हो पाता, छूट जाता है। गुरु के ज्ञान को शुद्ध स्वरूप में सुन पाना अर्जुन बनने की तैयारी है।

कैसे सुनाएँ : अकसर देखा जाता है कि जो लोग धार्मिक पुस्तकों का पठन करते हैं, वे अपना एक ग्रुप बना लेते हैं और उसमें पढ़ी हुई बातों की चर्चा, गोष्ठी किया करते हैं। कई लोग इसका नाजायज़ फायदा उठाते हैं। वे अपने मतलब की बातें सही सिद्ध करने के लिए कुछ श्लोकों का सहारा लेते हैं। कुछ लोग अपने धर्म को श्रेष्ठ साबित करने के लिए भी श्लोक के मतलब को तोड़-मरोड़कर लोगों के सामने पेश करते हैं। अतः ऐसे लोगों से सावधान रहें और यदि आप अपने ग्रुप में चर्चा करना ही चाहते हैं तो ईमानदारी से पढ़ें और किसी का नुकसान न हो इसकी खबरदारी बरतें।

प्रस्तुत पुस्तक में भगवद्गीता के दसवें और ग्यारहवें अध्याय को समझाया

गया है। आज विश्व में गीता का अभ्यास करनेवाले लाखों लोग मिलेंगे मगर अधिकांश लोग इसे समझ नहीं पाते हैं। विशेष तौर पर दसवाँ और ग्यारहवाँ अध्याय। दसवाँ अध्याय 'विभूतियोग' है, जिसमें ईश्वर की अभिव्यक्ति और योग शक्ति का वर्णन है। यदि कोई पहला अध्याय पढ़े बिना सीधे दसवें अध्याय को पढ़े तो वह भ्रमित हो सकता है। जैसे इसमें श्रीकृष्ण कहते हैं- धनुर्धरों में सबसे श्रेष्ठ श्रीराम मैं हूँ... सारे मुनियों में श्रेष्ठ वेदव्यास मैं हूँ... सारे दैत्यों में सर्वोत्तम प्रह्लाद मैं हूँ... नदियों में सबसे पवित्र गंगा मैं हूँ... जलचरों में मगर मैं हूँ... पांडवों में अर्जुन मैं हूँ... और विष्णु वंशियों में वासुदेव मैं हूँ... जंगल में सिंह मैं हूँ... हाथियों में ऐरावत मैं हूँ... गायों में कामधेनू मैं हूँ... पेड़ में पीपल मैं हूँ... सर्पों में वासुकी सर्प मैं हूँ... नागों में शेषनाग मैं हूँ... ऋतुओं में वसंत मैं हूँ... पक्षियों में गरुड़ मैं हूँ... शरीर के अंगों में हृदयस्थान मैं हूँ... सभी पर हुकूमत करनेवाला यमराज मैं हूँ... सभी जिससे डरते हैं वह बला मृत्यु मैं हूँ... सारे ज्ञानों का राजा विज्ञान सहित ज्ञान, गोपनीय ज्ञान (तेजज्ञान) मैं हूँ...। अंत में वे कहते हैं कि 'सारा संसार मेरे तेज के मात्र अंश की अभिव्यक्ति है।'

अब गीता को कोई बीच में से पढ़ेगा तो ये सब पढ़कर वह यही कहेगा कि 'क्या ऍटिट्यूड है! खुद को इन्होंने क्या समझ रखा है और यह पढ़कर मुझे क्या लाभ होगा?' उसे इससे कोई वास्ता नहीं कि यहाँ श्रीकृष्ण 'मैं' किसे कह रहे हैं? किस समझ से वे ऐसा कह रहे हैं? भगवान श्रीकृष्ण द्वारा की गई घोषणा 'हम ब्रह्मास्मि' को भी वे समझ नहीं पाते हैं।

इस तरह लोग गलत धारणाओं में फँसकर स्वयं का नुकसान कर लेते हैं। वे यह नहीं समझते कि कृष्ण उन्हें नहीं बल्कि अर्जुन को कह रहे हैं और वह भी स्टेप-बाय-स्टेप। जिसके लिए पहले अर्जुन की तैयारी करवाई गई, उसके बाद उसे उच्च ज्ञान दिया गया। मगर लोगों को यह गलतफहमी हो जाती है कि कृष्ण अपने बारे में बता रहे हैं... वे अपनी प्रशंसा कर रहे हैं। जबकि हकीकत में वे अपने बारे में नहीं बल्कि हरेक के अंदर जो अनुभव (कृष्ण)... अपने होने का एहसास है, उसके बारे में बता रहे हैं। इंसान से कितनी बड़ी भूल हो जाती है। इसलिए आपको अहम् ब्रह्मास्मि की जगह 'हम ब्रह्मास्मि' बताया गया है। यहाँ हम परब्रह्म, परमात्मा, परमेश्वर स्वरूप हैं। 'मैं ब्रह्म हूँ' में 'मैं' कब इधर से उधर भटक जाए, अहंकार जग जाए, कहा नहीं जा सकता।

तेजज्ञान के प्रकाश में भगवद्गीता के पूर्व अध्यायों पर जो पुस्तकें आई हैं, उनमें आपकी तैयारी करवाई गई है। अर्जुन जैसी ग्रहणशीलता लाकर आपमें कृष्ण अवस्था का अनुभव कराने का प्रयास किया गया है। अतः यह पुस्तक पढ़ने से पूर्व, पहले के अध्याय अवश्य पढ़ें और अर्जुन बनकर आगे का सफर करें। तब गीता के श्लोक आपके लिए होंगे। वरना वे सिर्फ कृष्ण-अर्जुन के बीच हुए संवाद होंगे। पूर्व अध्यायों में श्रीकृष्ण ने अर्जुन के मन का मैल साफ किया, उसके चित्त को शांत किया, उसे दोष दृष्टिरहित भक्त बनाया तब कहीं जाकर उसे आगे की बातें बताई।

दसवें अध्याय में अर्जुन को श्रीकृष्ण ने स्वयं 'श्रीकृष्ण कौन है' का ज्ञान दिया। ग्यारहवें अध्याय में जब अर्जुन का अज्ञान नष्ट होने लगा तब श्रीकृष्ण ने उसे अपना विराट स्वरूप दिखलाया और 'हम ब्रह्मास्मि' युक्ति सिखाई।

श्रीकृष्ण के विराट स्वरूप के बारे में हम सभी यह सुनते आए हैं कि कृष्ण का आकार अविश्वसनीय रूप से बड़ा हो गया, उसमें अर्जुन को सारी सृष्टि के दर्शन हुए। उस आकार में कई सिर, भुजाएँ, पेट, आँखें, मुँह आदि अंग जुड़े थे। उनकी भुजाओं में अनोखे अस्त्र-शस्त्र दिखाई दे रहे थे, गले में असंख्य हीरे जवाहरातों से जड़े आभूषण थे और न जाने क्या-क्या!! **वास्तव में विराट स्वरूप बाहर दिखानेवाली चीज़ नहीं है। यह तो ध्यान में दिखाने की चीज़ है। गीता में विराट स्वरूप का सारा वर्णन बाह्य रूप में दिखाया गया है, जबकि असल में यह पूरा अध्याय आंतरिक समाधि का अनुभव है।**

श्रीकृष्ण ने स्वयं का स्वरूप बताने के बाद अर्जुन से ध्यान करवाया। खुद मॉनिटर करते हुए वे अर्जुन के सिर पर ही बैठ गए कि विचारों को देखो... साँसों को देखो... साँसों को गिनो... और गहरे... और गहरे... फिर श्रीकृष्ण कहते हैं, 'चल देख अब तू अपना सच्चा स्वरूप।' लेकिन ये बातें कहाँ किसी पुस्तक में समझाई जा सकती हैं इसलिए बाह्य रूप का सहारा लिया गया।

अर्जुन द्वारा विराट स्वरूप का वर्णन करना अर्थात उसे ध्यान में मिले अनुभव को शब्द देना। यह अर्जुन की पर्सनल डायरी है। आप जानते हैं कि लोग अपने निजी अनुभव, फीलिंग्ज़, भावनाओं को अपनी पर्सनल डायरी में लिखते हैं। अर्जुन ने अपनी पर्सनल डायरी लोगों के सामने खोल दी। लोग आज उन शब्दों को पकड़कर बैठ गए हैं कि 'ईश्वर ऐसा-ऐसा ही होता है।' इस गलती

को समझें, यह मिसिंग लिंक है। अर्जुन ने अपने अनुभव को डिस्क्राइब (वर्णन) किया, प्रिस्क्राइब (निर्देशित) नहीं। लेकिन लोगों ने अर्जुन के डिस्क्रिप्शन को प्रिस्क्रिप्शन मान लिया। उसके द्वारा वर्णन किए गए रूप को ईश्वर का रूप मान लिया। अब उसी रूप की चर्चा होती है, उसी रूप के चित्र बनते हैं, उन्हीं की पूजा होती है। अंदर जाना तो हुआ ही नहीं, बस... कर्मकाण्ड हो गया। इसीलिए लोग इस अध्याय का लाभ नहीं ले पाते। सिर्फ वे ही इसका लाभ ले सकेंगे, जो ध्यान में उतरेंगे, जो विश्वरूप दर्शन अपने अंदर करेंगे। स्वअनुभव की अवस्था में जाकर वे जो डिस्क्राइब करेंगे, वही कृष्ण होगा। हर कोई अपने स्वभाव व स्मृति के अनुसार डिस्क्राइब करता है। हो सकता है आपका वर्णन कुछ अलग हो। वही आपके लिए कृष्ण है।

अब इस नज़र से आपको यह पुस्तक पढ़ना है तब आप कहेंगे, 'ओ माय गॉड! हम तो भगवद्गीता को ऊपर-ऊपर से समझते थे। अब मिसिंग लिंक पता चली है वरना असली अर्थ तो हम कभी जान ही नहीं पाते। अब हम नए दृष्टिकोण से रोज़ ध्यान करेंगे।'

तो चलिए, सेल्फ की विभूतियों का तथा उसके विराट स्वरूप का अनुभव से दर्शन करने के लिए पढ़ते-पढ़ते ध्यान मग्न हो जाएँ... **'हम ब्रह्मास्मि' में स्थापित हो जाएँ...।**

...सरश्री

अध्याय १०
विभूतियोग

|| अध्याय १० - सूची ||

श्लोक	विषय	पृष्ठ
1-2	उत्पत्ति का कारण	13
3-5	पापों से मुक्ति, भावनाओं का केन्द्र	19
6-8	उत्पत्ति रहस्य और बुद्धिमान भक्त	25
9-11	भक्ति संघ और तत्त्वज्ञानरूप योग	33
12-18	अर्जुन की उपासना साधना और सवाल	39
19-42	कृष्ण उपासना विस्तार	47

भाग १
उत्पत्ति का कारण
॥ १-२ ॥

अध्याय १०

भूय एव महाबाहो श्रृणु मे परमं वचः । यत्तेऽहं प्रीयमाणाय वक्ष्यामि हितकाम्यया ।।१ ।।

न मे विदुः सुरगणाः प्रभवं न महर्षयः। अहमादिर्हि देवानां महर्षीणां च सर्वशः।।२ ।।

1

श्लोक अनुवाद : श्री भगवान् बोले– हे महाबाहो! फिर भी मेरे परम (रहस्य और प्रभावयुक्त) वचन को सुन, जिसे मैं तुझे अतिशय प्रेम रखनेवाले के लिए हित की इच्छा से कहूँगा।।१।।

गीतार्थ : दसवें अध्याय में भगवान श्रीकृष्ण के ऐश्वर्य अर्थात अनंत विभूतियों, परालौकिक शक्तियों एवं योगशक्ति का वर्णन किया गया है। यहाँ श्रीकृष्ण अर्जुन को 'महाबाहो' कहकर संबोधित करते हैं। जिससे अर्जुन को इस बात का स्मरण हो कि जैसे वह युद्ध भूमि में महान वीर योद्धा के नाम से जाना जाता है, वैसे ही वह आंतरिक भूमि में भी वीर पुरुष की तरह, हर परिस्थिति में परम आनंद के राज्य का निर्माण करे।

अर्जुन को प्रोत्साहित करते हुए श्रीकृष्ण कहते हैं, तुम मेरे प्रिय सखा हो और तुम्हारे प्रेम भाव के कारण मैं तुम्हारे कल्याण की इच्छा रखता हूँ। मैं तुम्हारे लाभ के लिए ऐसा ज्ञान प्रदान करूँगा, जो श्रेष्ठतम होगा। मेरा वास्तविक ज्ञान अभी तक तुम्हें नहीं हुआ है। अतः हे अर्जुन, ध्यान से मेरे परम वचनों को सुनो।

गुरु के वचन उनके लिए ही राम बाण सिद्ध होते हैं, जिनके मन में गुरु के प्रति बेशर्त प्रेम, अटूट विश्वास, पूर्ण समर्पण, निःसंदेह श्रद्धा होती है। ऐसे भक्तों को ही गुरु वाणी का लाभ मिलता है। जिनका प्रेम घटनाओं पर निर्भर हो, विश्वास डगमगाता हो, जिनका मन संदेह और आशंका से भरा हो, उन्हें इसका पूर्ण लाभ नहीं मिलता। ऐसे लोगों के कान पर गुरु वचन टकराते हैं और लौट जाते हैं, अंतरंग में नहीं पहुँचते, हृदय को नहीं छूते। शिष्य के अंदर ग्रहण करने की शक्ति न हो तो वह उच्चतम ज्ञान पाकर भी कोरा का कोरा ही रहेगा। इस ज्ञान की प्राप्ति उन्हें ही होती है, जो 'प्रीयमाणाय' अर्थात अतिशय प्रेम भाव से भरे हों।

आत्मज्ञान के प्रति अर्जुन का अनुराग देखकर श्रीकृष्ण प्रसन्न हैं। अब वे उसे और खुलकर आगे की बातें बताना चाहते हैं। पहले बरतन में थोड़ा सा पानी डालकर देखा जाता है कि वह पानी बरतन में ठहरता है या रिस जाता है! यदि पानी उसमें बना रहता है तो ही और पानी डालकर बरतन को भरा जाता है। अर्जुन अब

ऐसा पात्र बन गया था, जिसमें ज्ञान समाने की पात्रता तैयार हुई थी। अतः ज्ञान भी उसकी ओर बहने के लिए तैयार था।

2

श्लोक अनुवाद : हे अर्जुन! मेरी उत्पत्ति को अर्थात् लीला से प्रकट होने को न देवता लोग (जानते हैं और) न महर्षिजन (ही) जानते हैं; क्योंकि मैं सब प्रकार से देवताओं का और महर्षियों का (भी) आदि कारण हूँ।।२।।

गीतार्थ : यहाँ कृष्ण भगवान बताते हैं कि कैसे वे देवों, महर्षियों के लिए भी दुर्लभ हैं क्योंकि वे उन सभी का मूल कारण हैं। प्राचीन काल में ऐसी कल्पना की गई थी कि ऊपर आसमान में स्वर्ग होता है, जहाँ देवों का निवास होता है। स्वर्ग और देव इस संकल्पना को इस तरह समझा जा सकता है कि देव अर्थात ऐसे मनुष्य जो अति सात्विक, अति शुद्ध अंतःकरण और निर्मल मनवाले होते हैं। मनुष्यों में ये उच्च कोटि के लोग अनायास ही अपने आस-पास स्वर्ग का निर्माण कर लेते हैं। ये उच्च चेतना के मनुष्य भी परमात्मा की महिमा को नहीं जानते।

वे प्रतिभाशाली पुरुष जिन्होंने अनेक ऋचाओं, मंत्रों और विद्याओं को प्रकट किया है, जिन्हें दिव्य अनुभव प्राप्त है, महर्षि कहलाते हैं। ऐसे तत्वज्ञानी महर्षि भी मेरे को तत्त्व से नहीं जानते। इन महर्षियों ने बुद्धि, शक्ति, सामर्थ्य मुझसे ही प्राप्त की है। अतः मेरे ही प्राप्त बल से भला वे मुझे कैसे जान सकते हैं?

हम कह सकते हैं कि देवतुल्य मनुष्य अर्थात भक्त, जो हृदय पर रहता है और ऋषि अर्थात बुद्धिमान, प्रतिभाशाली (प्रगल्भ), ज्ञानी। ज्ञानी या भक्त ही भगवान को जान सकते हैं। लेकिन फिर भी इस अनंत ब्रह्माण्ड के पूर्ण प्रभाव को जानना मुश्किल है।

इस बात को समझें कि ऋषि-महर्षि तब हुए, जब पृथ्वी बनी, पृथ्वी

तब बनी जब पंचभूत हुए, पंचभूत तब हुए जब महातत्त्व में तरंग उठी। अतः ऋषि- महर्षि भला महातत्त्व को कैसे जान सकते हैं? कोई पुत्र भला अपने पिता के जन्म का साक्षी हो सकता है? कोई इंसान यह नहीं कह सकता कि उसने अपने दादा को पैदा होते देखा है। ठीक इसी तरह कोई मनुष्य यह नहीं कह सकता कि उसने सृष्टि के प्रारंभ को देखा है।

आगे श्रीकृष्ण कहते हैं, 'मैं सब देवों और ऋषियों का मूल कारण हूँ। सारी जड़ सृष्टि मेरी शक्ति का कार्य है।' अर्थात कारण, कार्य को जान सकता लेकिन कार्य, कारण को नहीं जान सकता। जैसे कुम्हार मिट्टी से घड़ा बनाता है तो वह घड़े को जानता है मगर घड़ा कुम्हार को नहीं जानता। कुम्हार घड़े का कारण है और घड़ा कुम्हार का कार्य। वैसे ही सारा भूत समुदाय परमात्मा का कार्य है। कार्य, कारण में लीन हो सकता है पर उसे जान नहीं सकता।

तो क्या यह माना जाए कि संपूर्ण जगत के आदिकारण- आत्मानुभव का अनुभव किसी को नहीं हो सकता? इस आशंका को भगवान अगले श्लोक में दूर करते हैं।

अध्याय १० : २

● मनन प्रश्न :

१. गुरु वचनों पर आपका विश्वास कितना दृढ़ हुआ है? वे कानों से होते हुए गुज़र जाते हैं या हृदय को छूते हैं।

२. स्वयं से पूछें कि ज्ञान पाने के लिए मैं कितना पात्र हुआ हूँ?

३. मनन हो कि 'आदि कारण' इस शब्द से आपने क्या समझा?

भाग २

पापों से मुक्ति, भावनाओं का केन्द्र

|| ३-५ ||

अध्याय १०

यो मामजमनादिं च वेत्ति लोकमहेश्वरम्। असम्मूढ: स मर्त्येषु सर्वपापै: प्रमुच्यते ॥३॥

बुद्धिर्ज्ञानमसम्मोह: क्षमा सत्यं दम: शम: । सुखं दु:खं भवाऽभावो भयं चाभयमेव च ॥४॥

अहिंसा समता तुष्टिस्तपो दानं यशोऽयश: । भवन्ति भावा भूतानां मत्त एव पृथग्विधा: ॥५॥

3

श्लोक अनुवाद : और– जो मुझको अजन्मा अर्थात् वास्तव में जन्मरहित, अनादि* और लोकों का महान् ईश्वर तत्त्व से जानता है, वह मनुष्यों में ज्ञानवान् पुरुष संपूर्ण पापों से मुक्त हो जाता है।।३।।

गीतार्थ : पिछले श्लोक में कहा गया कि मनुष्य भगवान के प्रकट होने को नहीं जान सकता है। यहाँ बताया जा रहा है कि उसे जानने का एक मात्र तरीका है कि मन की जिद को छोड़ दिया जाए। मन चाहता है कि 'पहले मैं जानूँगा, फिर मानूँगा।' लेकिन पहले मानो तो अपने आप जान जाओगे। अर्थात मान लो कि ईश्वर अजन्मा, अनादि है। जब आप ऐसा मानकर जीएँगे तो आप वैसा अनुभव पाएँगे। जैसे एक बच्चे को कहा जाए कि बीज को मिट्टी में बोने से पेड़ उगता है इसलिए तुम यह बीज बोना। अब यदि वह कहे, 'मैं नहीं जानता कि यह सच है सो मैं बीज नहीं बोऊँगा।' तब उसे कहा जाएगा, 'अरे अकल के कच्चे, पहले मान, फिर खुद-ब-खुद जान जाएगा कि यह सच है।'

आगे श्रीकृष्ण कहते हैं कि मैं आदि-अनादि से भी परे हूँ। यह जो काल है, जिसमें आदि-अनादि शब्दों का प्रयोग होता है, भगवान उस काल के भी काल हैं। कालातीत भगवान में काल का भी आदि और अंत हो जाता है।

अब जानते हैं कि भगवान को अजन्मा अविनाशी और ईश्वरों का ईश्वर मानने से मनुष्य पापमुक्त कैसे होगा? भगवान को अजन्मा अविनाशी और ईश्वरों का ईश्वर वही मान सकता है, जिसने इसका अनुभव किया हो, जिसकी अपने भीतर के भगवान से पहचान हुई हो, जिसने मनुष्य के अलग अस्तित्व के पीछे छिपे एक तत्त्व को जान लिया हो। हर इंसान के भीतर यह स्वअनुभव है ही। सिर्फ अज्ञानवश वह उसे बाहर ढूँढ़ता फिरता है।

जैसे एक इंसान को स्कूटर में पेट्रोल डलवाने के लिए पेट्रोल पंप पर जाना है। अब भला सोचिए कि बिना पेट्रोल के वह कैसे जाएगा? पेट्रोल भरना है और वहाँ तक जाने के लिए भी पेट्रोल ही चाहिए। तो थोड़ा सा पेट्रोल गाड़ी में पहले

---

*अनादि उसको कहते हैं जो आदि रहित हो एवं सबका कारण हो।

ही डालना पड़ेगा। कहने का अर्थ जो चीज़ चाहिए, उसे पाने के लिए वहीं से शुरुआत करनी पड़ती है। मुँह लटकाए यदि आप खुशी की तलाश करेंगे तो क्या वह मिलेगी? कभी नहीं। खुश हो जाने से ही खुशी मिलती है। ठीक इसी तरह ईश्वर को तलाशना है तो तलाशने के लिए खुद ईश्वर ही होना पड़ेगा। ईश्वर ही ईश्वर को तलाश सकता है। आपके भीतर ईश्वर है इसीलिए तलाश की चाह उठी है। एक बार बात समझ में आ जाए तो तलाश भी बंद हो जाएगी। पेट्रोल लेने के लिए पेट्रोल पंप तक जाने की ज़रूरत नहीं होगी। क्योंकि आप समझ चुके हैं कि आपकी गाड़ी चलने के लिए पहले से ही पेट्रोल डाल दिया गया है।

अब सवाल उठता है कि क्या यह पेट्रोल हमेशा रहेगा! तो जवाब है भगवान (पेट्रोल) अजन्मे हैं अर्थात वे हर काल में होने के नाते अभी भी है। सर्वत्र होने के नाते इस जगह में भी हैं और सबके होने के नाते मेरे भी हैं। इस बात की दृढ़ता होने पर आप एक अलग स्तर पर जीवन जीएँगे। हर स्थान, इंसान और सामान में आप उसका अनुभव कर पाएँगे। इस तरह हर क्रिया उसे समर्पित करने से आप सभी कर्म बंधनों से मुक्त पापरहित जीवन जीएँगे।

श्रीकृष्ण कहते हैं कि परमात्मा कभी भी किसी से अलग नहीं हो सकते और कोई भी परमात्मा से कभी अलग नहीं हो सकता। यह सत्य जाननेवाला ज्ञानी पुरुष मेरे सगुण-निर्गुण, साकार-निराकार रूप को तत्त्व से जान लेता है।

4-5

श्लोक अनुवाद : और हे अर्जुन!– निश्चय करने की शक्ति, यथार्थ ज्ञान, असंमूढ़ता, क्षमा, सत्य, इंद्रियों का वश में करना, मन का निग्रह तथा सुख-दुःख, उत्पत्ति-प्रलय और भय-अभय तथा।।४।।

अध्याय १० : ४-५

अहिंसा, समता, संतोष तप*, दान, कीर्ति (और) अपकीर्ति– ऐसे ये प्राणियों के नाना प्रकार के भाव मुझसे ही होते हैं।।५।।

गीतार्थ : प्रस्तुत श्लोक में लोक महेश्वरम् (समस्त लोकों का स्वामी) के मुद्दे को आगे बढ़ाते हुए कहा गया है कि भगवान ही संपूर्ण विश्व का निमित्त कारण है। इन दो श्लोकों में उन विविध भावों का वर्णन किया गया है, जो मनुष्य के मन व बुद्धि में व्यक्त होते हैं। इन भावों या विकारों में पहला स्थान बुद्धि का है। फिर ज्ञान, अमोह, सहनशीलता, क्षमा, सत्य हैं। इसके उपरांत मन का निग्रह और इंद्रियों पर नियंत्रण आता है।

भगवान कहते हैं, संसार के सुख-दुःख, जन्म-मरण भी मेरे ही भावों में आते हैं। यहाँ तक कि भय-अभय, अहिंसा-समता, यश-अपयश, तप, दान आदि जो भी भाव इस जगत में दिखाई देते हैं, उनकी उत्पत्ति मुझसे ही हुई है। परंतु बहुत कम लोगों को मेरा ज्ञान होता है।

प्राणियों में उत्पन्न होनेवाले विविध भावों को मुझ लोकमहेश्वर से ही स्फूर्ति, शक्ति और आधार मिलता है। संक्षेप में कहा जाएगा, संसार में जो भी शुभ-अशुभ घट रहा है, यहाँ जितने भी सद्भाव, दुर्भाव हैं, वे सब मेरे होने से हैं। इन विभिन्न प्रकार की भावनाओं और विचारों से प्रेरित होकर प्रत्येक इंसान अपने-अपने संस्कारों के अनुसार कर्म करने के लिए बाध्य होता है। इस तरह यहाँ विभिन्न प्रकार के जीवन देखने को मिलते हैं। तात्पर्य यह है कि सभी के मूल में मैं ही हूँ।

यहाँ भगवान श्रीकृष्ण अर्जुन का ध्यान सभी शक्तियों के मूल तत्त्व की ओर केंद्रित करने का प्रयास कर रहे हैं। इससे हमें यह समझना है कि संसार की सारी क्रियाओं, घटनाओं, पदार्थों के मूल में परमात्मा ही बसे हैं। उत्पत्ति हो या प्रलय, अनुकूलता हो या प्रतिकूलता, अमृत हो या विष, स्वर्ग हो या नर्क सब भगवान की लीला है।

**स्वधर्म के आचरण से इन्द्रियादि को तपाकर शुद्ध करने का नाम 'तप' है।*

अध्याय १० : ४-५

आप अपना ही जीवन ले लें। आपके जीवन में बाल्यावस्था, किशोरावस्था, युवावस्था, वृद्धावस्था ये चार अवस्थाएँ आती हैं। हर अवस्था में अलग-अलग क्रियाओं के साथ अलग-अलग भाव उत्पन्न होते हैं। अलग-अलग अवस्थाओं के होते हुए भी वे आपकी जीवन कहानी का हिस्सा हैं। एक ट्रेन, इंजिन और डिब्बों से मिलकर बनती है। इंजिन एक ही होता है लेकिन अलग-अलग क्लास के लिए अलग-अलग डिब्बे होते हैं। जनरल, थ्री टीयर, एसी-२, एसी-१ आदि। डिब्बे कितने भी प्रकार के हों, इंजिन कितना भी आधुनिक हो लेकिन गाड़ी के चलने की लीला ड्राइवर द्वारा ही खेली जाती है। ट्रेन तेज गति से चले या धीमी गति से, स्मूथ चले या खड़खड़ाहट के साथ, कोई दुर्घटना घटे या सुरक्षित चले, सबके पीछे ड्राइवर का ही हाथ होता है।

इसी तरह यह जगत एक इकाई है। जिसमें पैदा हुए प्राणियों के अलग-अलग भाव हैं, क्रियाएँ हैं। कहीं कोई हँस रहा है, कहीं कोई रो रहा है, कहीं आपस में गोष्ठी हो रही है तो कहीं वाद-विवाद हो रहा है। कोई जन्म ले रहा है तो कोई मर रहा है। ये सब भगवान की लीला है। इस लीला को हमें ली-गीता-ला करके पढ़ना है। अर्थात लीला के बीच छिपे गीता के ज्ञान को पढ़ना है।

● मनन प्रश्न :

१. क्या आपको अपने अज्ञान का ज्ञान हुआ है? अर्थात क्या आप ईश्वर की कपोल कल्पित प्रतिमा से मुक्त हुए हैं?

२. भाव और कर्म के संबंध को आपने कितना जाना है?

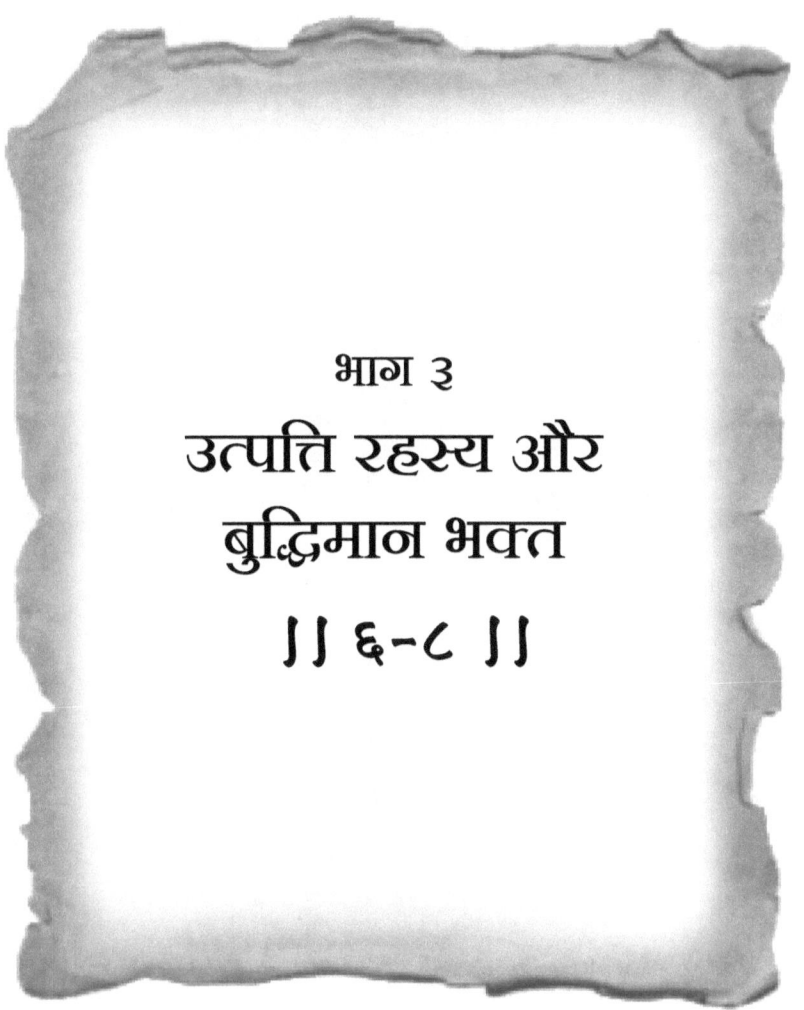

भाग ३
उत्पत्ति रहस्य और बुद्धिमान भक्त
॥ ६-८ ॥

अध्याय १०

महर्षय: सप्त पूर्वे चत्वारो मनवस्तथा। मद्भावा मानसा जाता येषां लोक इमा: प्रजा:॥६॥
एतां विभूतिं योगं च मम यो वेत्ति तत्त्वत:। सोऽविकम्पेन योगेन युज्यते नात्र संशय:॥७॥
अहं सर्वस्य प्रभवो मत्त: सर्वं प्रवर्तते। इति मत्वा भजन्ते मां बुधा भावसमन्विता:॥८॥

6

श्लोक अनुवाद : और है अर्जुन!- सात महर्षिजन, चार (उनसे भी) पूर्व होनेवाले (सनकादि) तथा स्वायम्भुव आदि चौदह मनु-ये मुझमें भाववाले (सब-के-सब) मेरे संकल्प से उत्पन्न हुए हैं, जिनकी संसार में यह संपूर्ण प्रजा है।।६।।

गीतार्थ : पिछले दो श्लोकों में भगवान श्रीकृष्ण ने प्राणियों की भाव विभूतियों का वर्णन किया है तो इस श्लोक में मनुष्य रूप में अपनी विभूतियों का वर्णन किया है।

प्राचीन धार्मिक ग्रंथों-पुराण एवं वेदों में सृष्टि की उत्पत्ति के बारे में कुछ यूँ लिखा है- स्वयं भगवान ही सृष्टि की रचना के लिए ब्रह्मा के रूप में प्रकट हुए हैं। ब्रह्मा परमेश्वर की शक्ति से उत्पन्न आदि जीव हैं। ब्रह्मा से फिर चार सनकादि (चार महर्षि), फिर सप्तर्षि एवं चौदह मनु प्रकट हुए। इन पच्चीस महान ऋषियों से ही असंख्य लोक व विविध योनियाँ उत्पन्न हुईं। ये सभी ऋषिगण मुझमें गहरी श्रद्धा रखते हैं। ये पच्चीस महान ऋषि ब्रह्माण्ड के सभी जीवों के पथप्रदर्शक कहलाते हैं। इनसे ही सारी प्रजा पैदा हुई। इस तरह ब्रह्मा को सृष्टि का पितामह कहा जाता है लेकिन कृष्ण हैं पितामह के पिता। अर्थात कृष्ण चेतना इन सबसे पहले भी उपस्थित थी।

आइए, पुराणों में चित्रित इन मानवीय विभूतियों का असली अर्थ समझते हैं। अध्यात्म की दृष्टि से परम चैतन्य, अहंकार और पंचेन्द्रियों से प्राप्त अनुभूतियाँ- रंग, रूप, स्वाद, गंध और स्पर्श सात ऋषियों के प्रतीक हैं। इनके संयुक्त रूप को ही जगत कहते हैं।

उपरोक्त बताई गई पच्चीस मानवीय विभूतियाँ वास्तव में संकल्पों की एक श्रृंखला है। किसी एक क्षण में परमात्मा ने सृष्टि के निर्माण का संकल्प लिया। अर्थात परमात्मा ने सोचा कि अब मैं सृष्टि के विविध पदार्थों के रूप में बहुरूपी हो जाऊँ। फिर जड़ सृष्टि के पंचमहाभूत पैदा हुए और फिर जीव सृष्टि पैदा हुई। इस तरह से एक संकल्प से दूसरा, दूसरे से तीसरा, तीसरे से चौथा... संकल्पों की एक श्रृंखला तैयार हो गई और संपूर्ण सृष्टि का सृजन हुआ।

जैसे जब किसी लेखक की कहानी पत्रिका या अखबार में छपती है तब

अध्याय १० : ७

वह हमारे सामने लिखित स्वरूप में आती है और हम उसे पढ़ पाते हैं। कहानी छपने से पहले लेखक के मन में एक थीम तैयार होती है। कुछ किरदार, भावनाओं और प्रसंगों की श्रृंखला को वह पिरोता है, जिससे कहानी को एक आकार मिलता है। फिर वह उन्हें शब्दों में ढालकर कागज़ पर उतारता है। अब वह प्रकट रूप लेती है। हम यूँ कह सकते हैं कि कहानी तो कागज़ पर आने से पहले भी थी– लेखक की सोच में। और सोच से प्रकट तब हुई, जब उसने कहानी लिखने का संकल्प लिया। ठीक इसी तरह यह दुनिया बनी। दुनिया बनानेवाला दुनिया बनने से पहले भी था, दुनिया में भी है और दुनिया खत्म होने के बाद भी रहेगा।

भगवान कहते हैं, तात्पर्य यह है कि यह सारा विश्व मेरा ही विस्तार है। शुरुआत एक बीज से होती है... फिर उस बीज के बढ़ने से जड़ निकलती है... जड़ में से अंकुर निकलता है.... फिर इसी अंकुर से शाखाएँ निकलती हैं... इन शाखाओं से अनेक शाखाएँ निकलती हैं... सभी शाखाओं से पत्ते निकलते हैं... पत्तों में फल व फूल आते हैं... इस प्रकार वृक्ष पूर्णता प्राप्त करता है। परंतु इस तत्त्व का गहराई से विचार किया जाए तो यह स्पष्ट होता है कि यह उसी छोटे से बीज का विस्तार है। इसी प्रकार 'मैं' भी एक ही मूल तत्त्व हूँ। उसी 'मैं' ने मन को पैदा किया और इसी मन से संकल्पों की कड़ी पैदा हुई तथा यह जगत दृश्य में आया।

7

श्लोक अनुवाद : और– जो पुरुष मेरी इस परमैश्वर्यरूप विभूति को और योगशक्ति को तत्त्व से जानता है* वह निश्चल भक्तियोग से युक्त हो जाता है– इसमें (कुछ भी) संशय नहीं है।।७।।

गीतार्थ : अब तक आपने समझा है कि भगवान के अलौकिक, अनंत

---

*जो कुछ दृश्यमात्र संसार है वह सब भगवान की माया है और एक वासुदेव भगवान ही सर्वत्र परिपूर्ण है, यह जानना ही 'तत्त्व से जानना है'।

सामर्थ्य का नाम योग है और उस योग से प्रकट होनेवाली विशेषताओं का नाम विभूति है।

आगे भगवान श्रीकृष्ण कहते हैं, विभूति और योग को तत्त्व से जानने का अर्थ है कि संसार में मेरी जो दिव्य शक्ति है और उससे कार्यरूप में प्रकट होनेवाली जो विशेषताएँ हैं, उनके पीछे मुझे ही देखना। जैसे प्राणियों के अंतःकरण में जो भाव प्रकट होते हैं और प्रभावशाली इंसानों में ज्ञान, विवेक, निर्णय क्षमता, कुशल नेतृत्व आदि विलक्षणताएँ दिखाई देती हैं, उन सबके मूल में मैं ही हूँ। इस प्रकार जो मुझे समझ लेता है, तत्त्व से जान लेता है, वह उन विलक्षणताओं के मूल में मुझे ही देखता है। उसका भाव केवल मुझमें ही लगा होता है, वस्तुओं या इंसानों की विशेषताओं में नहीं।

जैसे आप सचिन तेंडुलकर की बल्लेबाजी देखें, सानिया मिर्ज़ा का टेनिस देखें, माधुरी दीक्षित का कत्थक नृत्य देखें या झाकीर हुसैन का तबला वादन सुनें, उसमें आपको व्यक्ति नहीं बल्कि परमात्मा की अभिव्यक्ति के ही दर्शन होंगे।

एक और उदाहरण देखते हैं। यदि आपके सामने कोई मिठाई लाकर रख दी जाए तो आपको उसमें मिठास ही दिखेगी। क्योंकि मिठाई का स्वभाव ही है- मीठापन। वह चाहे किसी भी रंग, रूप या आकार की हो या किसी भी दुकान से लाई गई हो। आप यह बात तत्त्व से या कहें अनुभव से जानते हैं।

ऐसे ही इस जगत में जो कुछ भी विशेषता दिखाई दे, आपकी नज़र उसके पीछे छिपे परमात्मा पर ही होनी चाहिए। उसमें जो भी गुण विद्यमान हैं, वे भगवान के हैं; वस्तु, इंसान या क्रिया के नहीं। यही विभूति और योग को तत्त्व से जानना है।

श्रीकृष्ण कहते हैं, जो इसे तत्त्व से जान लेता है, वह निःसंदेह अकंप भक्तियोग से युक्त हो जाता है। यदि किसी को ज़रा भी संदेह हो तो उसने मुझे तत्त्व से नहीं माना है। क्योंकि वह मुझे और मेरे गुणों को अलग-अलग जान रहा है। मेरे को तत्त्व से जान लेने के बाद उसके सामने लौकिक दृष्टि से किसी

भी तरह की विलक्षणता आ जाए, वह उस पर प्रभाव नहीं डाल सकेगी। उसकी दृष्टि विलक्षणता की तरफ न जाकर मेरी तरफ ही जाएगी। अतः उसकी मेरे में स्वाभाविक रूप से दृढ़ भक्ति होती है।

8

श्लोक अनुवाद : मैं वासुदेव ही संपूर्ण जगत् की उत्पत्ति का कारण हूँ (और) मुझसे ही सब जगत् चेष्टा करता है, इस प्रकार समझकर श्रद्धा और भक्ति से युक्त बुद्धिमान भक्तजन मुझ परमेश्वर को (ही) निरंतर भजते हैं।।८।।

गीतार्थ : यहाँ फिर यही बात दोहराई गई है कि वासुदेव अर्थात परमात्मा, सेल्फ ही सारे जगत का मूल कारण है। श्रीकृष्ण जानते हैं कि यह मूल बात इंसान बार-बार भूल जाता है और स्वयं को कर्ता मानकर सुख-दुःख का कारण बनता है। इसीलिए वे अर्जुन को यह सत्य बार-बार याद दिलाते हैं।

हमेशा पाया गया है कि कारण के बिना कार्य नहीं होता। दूध के बिना दही नहीं, मिट्टी के बिना घड़ा नहीं, कपास के बिना सूत नहीं और बीज के बिना तेल नहीं बनता। अतः इतने विशाल जगत का, जिसकी अलौकिकता का कोई पार नहीं और जिसका वर्णन शब्दों में करना भी कठिन है, उसका कोई न कोई मूल कारण तो होगा ही। और वह कितना ज्ञान संपन्न तथा शक्ति संपन्न होगा!!

आगे श्लोक में कहा गया है, मुझसे ही सारा संसार प्रवृत्त हो रहा है। अर्थात मुझसे ही सारी क्रियाएँ हो रही हैं, मुझसे ही वह गतिमान है। मुझसे ही यह जगत विकास को प्राप्त होता है। यहाँ एक बात महत्त्व की है कि परमात्मा जगत का मूल और निमित्त कारण दोनों ही है। कोई भी वस्तु बनती है तो दो कारणों से बनती है। सिर्फ मिट्टी से घड़ा नहीं बनता, कुम्हार भी चाहिए। दोनों मिलकर घड़ा बनाते हैं। मिट्टी घड़े का मूल कारण है तो कुम्हार निमित्त कारण। लेकिन यह नियम परमात्मा या सेल्फ पर लागू नहीं होता।

जैसे आपने किसी परिवार का फैमिली ट्री (वंश वेल) देखा होगा।

अध्याय १० : ८

उसमें वर्तमान परिवार सदस्यों को लेकर पीछे की ५-६ पीढ़ियों तक के रिश्तेदारों को वृक्ष में दिखाया जाता है। पत्तों पर बच्चों के नाम, छोटी-छोटी शाखाओं पर उनके पिता, चाचा का नाम, फिर मोटी शाखाओं पर उनके दादा का नाम, तने और जड़ों पर- परदादा, पर-परदादा आदि। जितनी जानकारी होती है, उतने नामों को सम्मिलित किया जाता है। ऐसा करते हुए अंत में एक मूल पुरुष बचता है। उसके पीछे कोई नहीं। ठीक इसी तरह इस सृष्टि का मूल पुरुष, परमात्मा है। उसका कोई कारण नहीं। इतना ही नहीं इस अनोखी, विलक्षण जगत की रचना कर वह उससे अछूता रहता है। जैसे एक ही बिजली बल्ब में प्रकाश और हीटर में ताप उत्पन्न करती है। स्वयं बिजली में न ताप है, न उष्णता। इसी प्रकार सेल्फ तरह-तरह से अभिव्यक्त होता है। जड़, चेतन, फिर चेतन में इतने विविध जीव-जन्तु, प्राणी, पेड़-पौधे, मनुष्य आदि। लेकिन उसमें न ईश्वर भाव है, न जीव भाव। इन सबको तत्त्व से जाननेवाले भक्ति भावना संपन्न ज्ञानी पुरुष श्रद्धा से सबमें मुझे ही देखते हैं।

जब यह पक्का हो जाए कि जगत का मूल कारण सेल्फ ही है और वही शरीर में चेतना के रूप में विद्यमान है तब अहंकार पिघलता है। तब जीव का स्वतंत्र अस्तित्व खत्म होता है। अज्ञान में इंसान स्वयं को कर्ता, भोक्ता मान बैठता है मगर जब पहचान हो जाती है तब अपना स्वतंत्र अस्तित्व मिटाने की ही कोशिश रहती है। इसके लिए परम भक्ति मुख्य उपाय है। मन में स्थित अहं केंद्रित प्रेम शक्ति को परमात्मा में केंद्रित करना ही परम भक्ति को प्राप्त होना कहते हैं। इस भक्ति से संपन्न ज्ञानी पुरुष निरंतर मुझे भजते हैं।

अध्याय १० : ८

● मनन प्रश्न :

१. क्या अपने रिश्तेदारों और पड़ोसियों की विशेषताओं के पीछे आपको परमात्मा नज़र आता है या सूक्ष्म ईर्ष्या का भाव पैदा होता है?

२. क्या आपने अपने भीतर ज्ञान और भक्ति अर्थात तेजभक्ति का बीज बोया है?

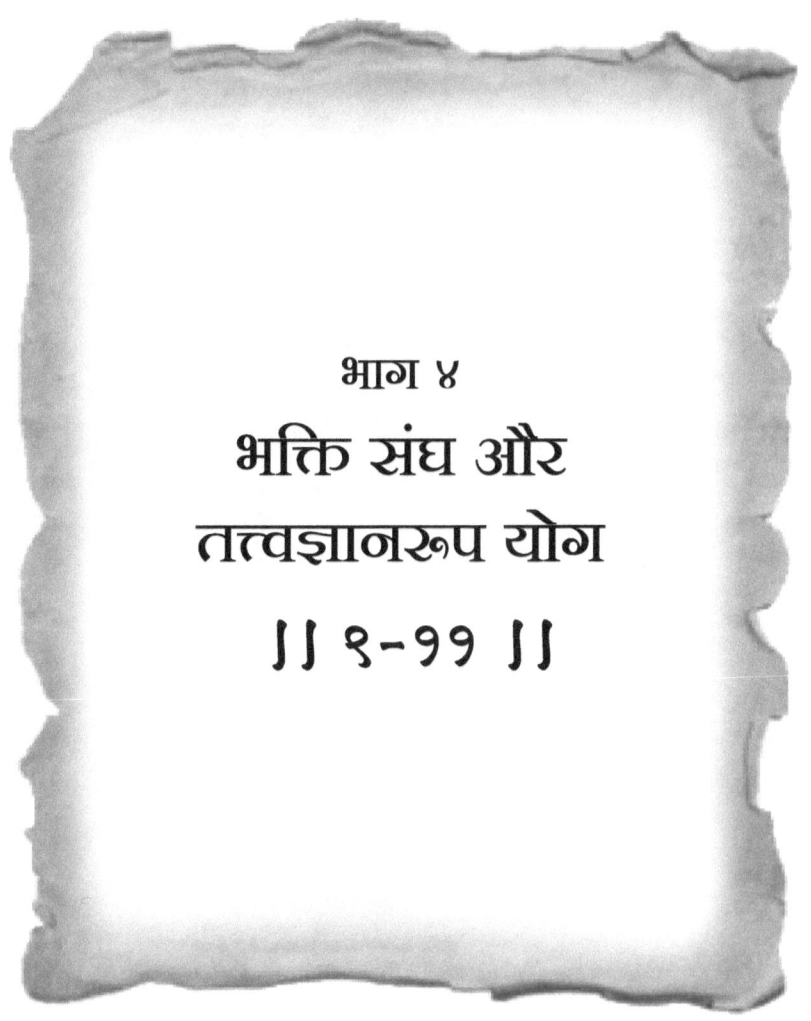

भाग ४
भक्ति संघ और
तत्त्वज्ञानरूप योग
॥ ९-११ ॥

अध्याय १०

मच्चित्ता मद्गतप्राणा बोधयन्तः परस्परम् । कथयन्तश्च मां नित्यं तुष्यन्ति च रमन्ति च ।।९ ।।

तेषां सततयुक्तानां भजतां प्रीतिपूर्वकम्। ददामि बुद्धियोगं तं येन मामुपयान्ति ते ।।१० ।।

तेषामेवानुकम्पार्थमहमज्ञानजं तमः। नाशयाम्यात्मभावस्थो ज्ञानदीपेन भास्वता ।।११ ।।

9

श्लोक अनुवाद : और वे- निरंतर मुझमें मन लगानेवाले (और) मुझमें ही प्राणों को अर्पण करनेवाले भक्तजन (मेरी भक्ति की चर्चा के द्वारा) आपस में (मेरे प्रभाव को) जनाते हुए तथा (गुण और प्रभाव सहित मेरा) कथन करते हुए ही निरंतर संतुष्ट होते हैं और मुझ वासुदेव में (ही निरंतर) रमण करते हैं।।९।।

गीतार्थ : यहाँ श्रीकृष्ण भगवान भक्त के स्वभाव का वर्णन करते हुए कहते हैं कि भक्त का मन हमेशा मुझमें ही लगा रहता है। इंसान का संबंध दिन-रात मन के साथ आता है। बाह्य जगत में हम जो भी देखते हैं, हमारे मन में उसका एक रूप या आकार प्रकट होता है। असल में हम वस्तुओं को बाहर नहीं बल्कि मन की आँखों से भीतर देखते हैं। यह मानसिक दृष्टि ही सुख-दुःख पैदा करती है। लेकिन एक भक्त माया में भी परमात्मा को ही देखता है।

चित्त जब माया में भटका हो तब इंसान पर अहंकार हावी होता है। जब साधक अहंकार को पहचान लेता है, उसकी करनी जान लेता है तो वह समर्पण के लिए तैयार हो जाता है। एक भक्त मुझमें ही जीवन को अर्पण करता है अर्थात अपनी इंद्रियों को समर्पित करता है।

इंद्रियाँ बाहरी विषयों के ज्ञान का साधन हैं। अतः इंद्रियों को समर्पित करना अर्थात बाहरी विषयों को परमात्मा के रूप में देखना। जैसे हमारे आस-पास के लोग, मित्र, रिश्तेदार, वस्तुएँ, विचार, भाव-भावनाओं सभी में परमात्मा को देखना। इस जगत की सूक्ष्म से सूक्ष्म वस्तु को परमात्मा की विभूति करके जानना ही प्राणों को समर्पित करना है।

इस तरह अपना सब कुछ अर्पण करनेवाले भक्त इकट्ठे होकर आपस में अपने अनुभवों का आदान-प्रदान करते हैं। परमात्मा के अलावा उन्हें किसी भी विषय में रुचि नहीं होती। या यूँ कहें कि हर विषय में उन्हें परमात्मा ही नज़र आता है। ग्रहणशील होकर एक-दूसरे की अनुभूतियों को सुनते हुए वे आनंद और आश्चर्य के भाव में रहकर चेतना को ऊपर उठाते हैं। सभी भक्तगण एक साथ मिलकर भजन-कीर्तन के द्वारा परमात्मा के गुणों की सराहना करते हैं और संतुष्ट जीवन जीते हैं।

10

श्लोक अनुवाद : उन निरंतर मेरे ध्यान आदि में लगे हुए (और) प्रेमपूर्वक भजनेवाले भक्तों को (मैं) वह तत्त्वज्ञानरूप योग देता हूँ, जिससे वे मुझको (ही) प्राप्त होते हैं ।।१०।।

गीतार्थ : श्रीकृष्ण आगे कहते हैं, चित्त को निरंतर मेरे ध्यान में स्थिर करना मेरी पहचान के बाद ही संभव है। वरना तो इंसान का चित्त स्थूल वस्तुओं में रंगा रहता है। मधुर संगीत चल रहा हो तो चित्त उसमें आसानी से तल्लीन हो जाता है। कश्मीर की वादियों में नास्तिक भी कुछ देर के लिए स्तब्ध हो जाता है। किसी नन्हे बालक की बाल लीला देखकर सहज ही चित्त प्रफुल्लित हो जाता है। इस तरह इंद्रियों की पहुँच जिन विषयों तक है, वहाँ आनंद लेना कठिन नहीं है। परमात्मा में लीन होकर आनंद लेना शुरुआत में कठिन लेकिन करने योग्य कर्म है।

ऐसे भक्ति में रंगे भक्तों को मैं तत्त्वज्ञानरूप (स्वअनुभव) योग देता हूँ। जिसके द्वारा वे मुझे ही प्राप्त होते हैं। क्योंकि भक्त का सच्चा स्वरूप मन, बुद्धि के पार होता है। भाषा के परे के ज्ञान को भाषा में लाने के लिए लौकिक जगत के शब्दों का प्रयोग करना पड़ता है। बुद्धि से आत्मा के अनंत स्वरूप का सम्यक ज्ञान, अनुभव द्वारा प्राप्त करना ही तत्वज्ञानरूप योग है।

भक्ति में रंगे भक्त को शब्दोंवाले ज्ञान की चिंता नहीं रहती। सच्ची भक्ति का परिणाम है परमात्मा की पहचान। यही भक्ति का उद्देश्य है। लेकिन एक सच्चा भक्त उद्देश्य प्राप्ति के लिए भक्ति नहीं करता। भक्ति की राह पर चलने से उद्देश्य अपने आप प्राप्त हो जाता है। जैसे एक बार ट्रेन में बैठ जाने पर अंतिम स्टेशन खुद-ब-खुद आ ही जाता है। भक्ति साधना के सधने से इंसान अपने मिथ्या व्यक्तित्व से मुक्त होकर अपने तत्त्व (स्वअनुभव, अपने स्वरूप) से युक्त होता है।

अध्याय १० : ११

11

श्लोक अनुवाद : और हे अर्जुन!- उनके (ऊपर) अनुग्रह करने के लिए उनके अंतःकरण में स्थित हुआ मैं स्वयं ही (उनके) अज्ञानजनित अंधकार को प्रकाशमय तत्त्वज्ञानरूप दीपक के द्वारा नष्ट कर देता हूँ।।११।।

गीतार्थ : आगे अपनी (कृष्ण चेतना) ही महिमा बताते हुए श्रीकृष्ण कहते हैं, हे अर्जुन, असाधारण समर्पण करनेवाले भक्तों को कृतार्थ करने के लिए, उनके अंतःकरण में पहले से ही विराजमान मैं (चेतना) ज्ञानरूपी दीपक के द्वारा अज्ञानरूपी अंधकार मिटा देता हूँ।

यूँ तो परमात्मा की दया, कृपा सभी पर बरसती है। वे सभी के अंतःकरण में प्रकट हैं। हमें सिर्फ छाता हटाने की ज़रूरत है। लेकिन माया में लिप्त इंसान यह नहीं जान पाता कि उसने अहंकार का छाता तान रखा है।

एक सच्चा भक्त हर वक्त परमात्मा की कृपा को महसूस करता है। चूँकि भक्त, परमात्मा के सबसे नज़दीक होता है सो भक्त के हृदय में परमात्मा स्थिर रहते हैं। उनके बीच का कनेक्शन गहरा होता है। मान लीजिए आप किसी परिचर्चा या गोष्ठी में गए हैं और यदि आपको पीछे की सीट मिले तो आपको ठीक से सुनायी नहीं देता। जो नज़दीक बैठे हैं, वे ठीक से सुन पाते हैं। ठीक इसी तरह भक्त भी परमात्मा के नज़दीक होने के कारण परमात्मा से प्राप्त प्रेरणा को वे सुन पाते हैं, ग्रहण कर पाते हैं।

हमेशा परमात्मा के नज़दीक रहने के कारण भक्त के हृदय में ज्ञानरूप दीपक प्रकाशित होने लगता है। हालाँकि ज्ञानरूप दीपक हरेक हृदय में प्रकाशित है ही मगर सभी को उसका प्रकाश नहीं मिल पाता। क्योंकि ज्ञानरूपी प्रकाश को अज्ञान रूपी आवरण ढँक देता है। जैसे दिन के समय अपने कमरे की खिड़कियाँ खोल देने पर सूर्यप्रकाश दयावश कमरे को प्रकाशित करता है। जब तक खिड़कियाँ खुली रहती हैं तब तक सूर्य को भी स्वतंत्रता नहीं है कि वह अपनी दया का द्वार बंद कर दे। अर्थात सूर्य है तो वह प्रकाश देगा

ही। यह तो उसका स्वभाव है। यदि वह प्रकाश देना बंद करे तो वह सूर्य कहाँ हुआ! लेकिन उसकी दया तब तक प्रकट नहीं होती जब तक हम अपने कमरे की खिड़कियाँ नहीं खोल लेते। संक्षेप में सूर्य प्रकाश का आगमन उसी क्षण से होता है जब उसके मार्ग का अवरोध दूर हो जाता है।

इंसान जब गुरु को अनुमति देता है अर्थात ज्ञान प्राप्ति के लिए अपनी तैयारी दिखाता है तो ऐसे में गुरु उस पर अनुग्रह करते हुए उसे स्वयं प्रकाशित होने का मार्ग दिखाते हैं।

● मनन प्रश्न :

१. परमात्मा की विभूति से अब तक आपने क्या समझा है?

२. मनन हो कि किन घटनाओं में आप क्रियाओं के समर्पण की बात भूल जाते हैं?

३. क्या आपने सच्चे दिल से स्वयं प्रकाशित होने की माँग गुरु से की है?

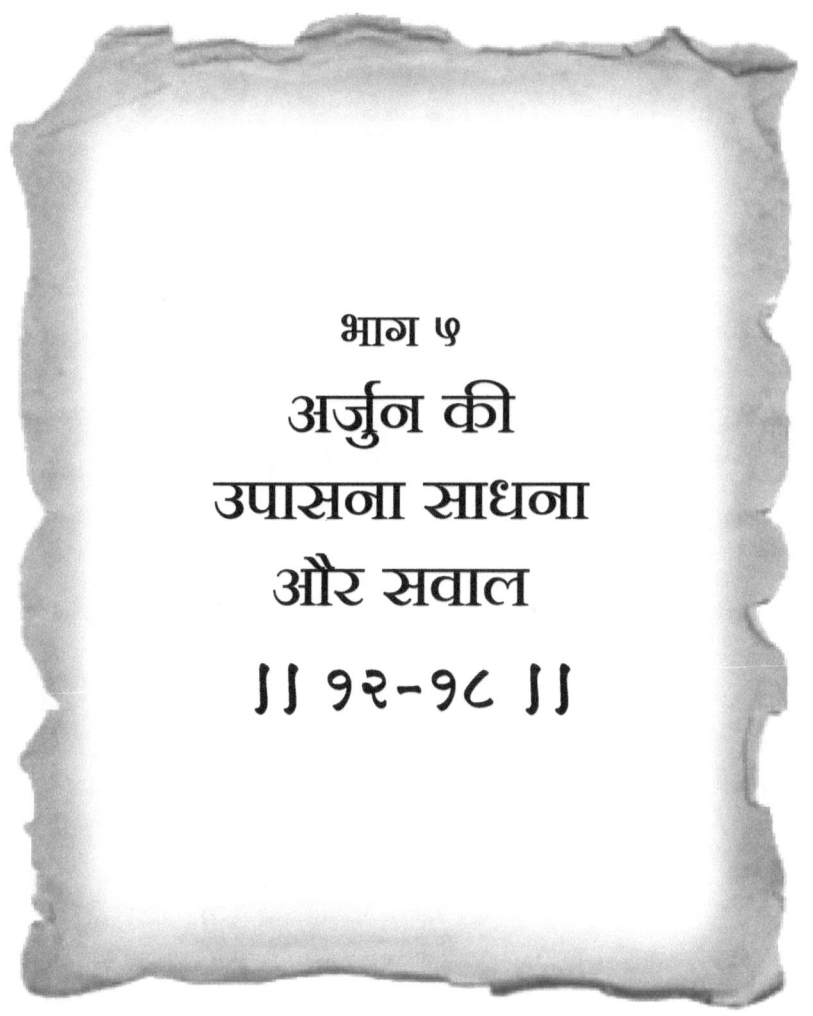

भाग ५

अर्जुन की उपासना साधना और सवाल

॥ १२-१८ ॥

अध्याय १०

परं ब्रह्म परं धाम पवित्रं परमं भवान्। पुरुषं शाश्वतं दिव्यमादिदेवमजं विभुम्॥१२॥

आहुस्त्वामृषय: सर्वे देवर्षिर्नारदस्तथा। असितो देवलो व्यास: स्वयं चैव ब्रवीषि मे॥१३॥

सर्वमेतदृतं मन्ये यन्मां वदसि केशव। न हि ते भगवन्व्यक्तिं विदुर्देवा न दानवा:॥१४॥

स्वयमेवात्मनात्मानं वेत्थ त्वं पुरुषोत्तम। भूतभावन भूतेश देवदेव जगत्पते॥१५॥

वक्तुमर्हस्यशेषेण दिव्या ह्यात्मविभूतय:। याभिर्विभूतिभिर्लोकानिमांस्त्वं व्याप्य तिष्ठसि॥१६॥

कथं विद्यामहं योगिंस्त्वां सदा परिचिन्तयन्। केषु केषु च भावेषु चिन्त्योऽसि भगवन्मया॥१७॥

विस्तरेणात्मनो योगं विभूतिं च जनार्दन। भूय: कथय तृप्तिर्हि श्रृण्वतो नास्ति मेऽमृतम्॥१८॥

12-13

श्लोक अनुवाद : इस प्रकार भगवान के वचनों को सुनकर अर्जुन बोले, 'हे भगवन! आप परम ब्रह्म, परम धाम (और) परम पवित्र हैं; (क्योंकि)।।१२।।

आपको सब ऋषिगण सनातन दिव्य पुरुष (एवं) देवों का भी आदिदेव, अजन्मा (और) सर्वव्यापी कहते हैं, वैसे ही देवर्षि नारद (तथा) असित (और) देवल ऋषि (तथा) महर्षि व्यास (भी कहते हैं) और स्वयं आप भी मेरे प्रति कहते हैं।'।।१३।।

गीतार्थ : पिछले कुछ श्लोकों में अर्जुन ने श्रीकृष्ण से सेल्फ की विभूतियों के बारे में काफी कुछ सुना। श्रीकृष्ण ने उन्हें बारम्बार समझाया कि कैसे सबमें रब है और रब में सब है। कर्मयोग, भक्तियोग, संन्यास योग आदि के माध्यम से कृष्ण ने दिया परम गुह्य ज्ञान कुछ हद तक अर्जुन के हृदय में पहुँचा है। अब उसकी शंकाएँ मिट रही हैं। जिसके परिणामस्वरूप अर्जुन कहता है, हे भगवन, अब ये बातें मुझे अच्छे से समझ में आ रही हैं कि इस विश्व का जो विश्राम स्थान, तेजस्थान (परम ब्रह्म) है, वह आप ही हैं। आप परम पवित्र हैं। आप माया की पहुँच के बाहर हैं। जो जन्म और मृत्यु के बंधन में बंध नहीं सकता, वह जन्मरहित, नित्य आप ही हैं। आप दिव्य, अनादि और व्यापक हैं।

सभी ऋषि-मुनि भी आपका ऐसा ही स्वरूप बताते हैं। ऋषि का मतलब है परमात्मा का अनुभव करनेवाले महापुरुष। जिन्होंने परमात्मा का अनुभव किया हो, ऐसे महापुरुष ही परमात्मा के स्वरूप का यथार्थ वर्णन कर सकते हैं। देवर्षि नारद, असित, देवल और व्यास ऋषि भी आपके लिए ऐसा ही कहते हैं। पुराणों में कहा गया है कि नारद, असित, देवल और व्यास क्रमशः कर्म, भक्ति, ज्ञान और मोक्ष के प्रतिनिधि थे। अर्जुन आगे कहता है, मुख्यतः आप स्वयं भी मुझे अपने स्वरूप के बारे में यही बता रहे हैं। यहाँ अर्जुन स्वयं भगवान का ही हवाला दे रहे हैं। चूँकि अर्जुन का श्रीकृष्ण पर अटूट विश्वास है, अतः वे उनके वचनों को सत्य मानते हैं।

जब हम किसी सिद्धांत की सत्यता का शोध करते हैं तब हम उस विषय के जानकारों, विशेषज्ञों की राय को महत्त्व देते हैं। यदि वे उस सिद्धांत की सत्यता पर

बल देते हैं तो हमारा विश्वास भी बढ़ने लगता है और उस विषय का सर्वेसर्वा यदि मोहर लगा दे तब तो शक की कोई गुंजाइश ही नहीं होती। यहाँ अर्जुन की अवस्था ठीक ऐसी ही है। परमात्मा के स्वरूप का वर्णन खुद श्रीकृष्ण भगवान कर रहे हैं तो अर्जुन के मन से सारी शंकाएँ जाती रहीं।

14-15

श्लोक अनुवाद : और- हे केशव! जो (कुछ भी) मेरे प्रति आप कहते हैं, इस सबको (मैं) सत्य मानता हूँ। हे भगवन्! आपके लीलामय* स्वरूप को न (तो) दानव जानते हैं (और) न देवता ही।।१४।।

हे भूतों को उत्पन्न करनेवाले! हे भूतों के ईश्वर! हे देवों के देव! हे जगत् के स्वामी! हे पुरुषोत्तम! आप स्वयं ही अपने से अपने को जानते हैं।।१५।।

गीतार्थ : ज्ञान अनुभव में उतरे उससे पहले बुद्धि के स्तर पर समझा जाता है। यदि बुद्धि कनविंस है तब मन समर्पित होता है और वह ज्ञान धीरे-धीरे अनुभव में उतरता है। आध्यात्मिक ज्ञान को तर्क की कसौटी पर नहीं जाँचा जा सकता क्योंकि वह लॉजिकल नहीं होता है। इसलिए बुद्धि का समर्पित होना मुश्किल होता है। बुद्धि तभी समर्पित होती है, जब उसकी ज्ञान देनेवाले के प्रति पूर्ण विश्वास और श्रद्धा होती है कि यदि यह इंसान कह रहा है तो ऐसा ही है, इसमें शक की कोई गुँजाइश ही नहीं है।

अर्जुन का मन, बुद्धि, अहंकार श्रीकृष्ण के सामने समर्पित हैं। इस समय वह एक श्रद्धा और समर्पण से भरा ग्रहणशील खोजी है इसलिए श्रीकृष्ण के कथन को सत्य मानता है। वह कहता है- 'हे केशव! जो कुछ भी आप मुझे बता रहे हैं, मैं इन सबको सत्य मानता हूँ।'

वह आगे कहता है कि 'आपके लीलामय स्वरूप को न तो दानव

---

*मैं अजन्मा और अविनाशीस्वरूप होते हुए भी तथा समस्त प्राणियों का ईश्वर होते हुए भी अपनी प्रकृति को अधीन करके अपनी योगमाया से प्रकट होता हूँ।

जानते हैं और न देवता ही।' इस कथन का आशय यह है कि सेल्फ को सेल्फ बनकर ही जाना जा सकता है। यहाँ दानव, देवता, मानव... इंसानी प्रवृत्तियाँ हैं। असुरी प्रवृत्ति का इंसान दानव, दैवीय प्रवृत्ति का इंसान देवता और सामान्य इंसान मानव श्रेणी में आता है। इनमें से किसी भी तरह का इंसान हो, वह सेल्फ का तभी अनुभव कर सकता है, जब वह अहंकारशून्य हो जाए। जब उसका 'व्यक्तिगत मैं' 'यूनिवर्सल मैं' (सेल्फ) में विलीन हो जाए। ऐसा होने पर सेल्फ ही बचता है और कुछ नहीं। इसलिए अर्जुन आगे कहता है, 'आप स्वयं ही अपने से अपने को जानते हैं।' अर्थात स्वअनुभव में अनुभवकर्ता (सेल्फ) ही अनुभव (सेल्फ) का अनुभव करता है।

16

श्लोक अनुवाद : इसलिए हे भगवन्!– आप ही (उन) अपनी दिव्य विभूतियों को संपूर्णता से कहने में समर्थ हैं, जिन विभूतियों के द्वारा (आप) इन सब लोकों को व्याप्त करके स्थित हैं।।१६।।

गीतार्थ : श्रीकृष्ण ने अर्जुन को तत्त्व ज्ञान दिया, उसे अपने निर्गुण, निराकार मूल स्वरूप से परिचित कराया। मगर अर्जुन अभी स्वअनुभव में स्थित नहीं है। वह खोजी की अवस्था से होता हुआ एक भक्त की अवस्था में आया है और ईश्वर का भव्य स्वरूप जानने, समझने को इच्छुक है। इसीलिए श्रीकृष्ण से प्रार्थना कर रहा है कि 'उसके सामने अपनी दिव्य विभूतियों का यानी अपने अलौकिक उच्च स्वरूपों का विस्तार से वर्णन करें।'

सेल्फ ने अपने अलग-अलग स्वरूपों यानी विभूतियों से इस संपूर्ण सृष्टि को व्याप्त किया हुआ है। संसार में जो कुछ भी विद्यमान है, वह ईश्वरीय विभूति ही है। किसी में सेल्फ कम खुला है तो किसी में ज़्यादा प्रखर है मगर है सब उसका ही स्वरूप। अर्जुन इन्हीं स्वरूपों को विस्तार से जानना चाहता है।

17-18

श्लोक अनुवाद : हे योगेश्वर! मैं किस प्रकार निरंतर चिंतन करता हुआ आपको जानूँ और हे भगवन्! (आप) किन-किन भावों में मेरे द्वारा चिंतन करने योग्य हैं?।।१७।।

और- हे जनार्दन! अपनी योगशक्ति को और विभूति को फिर (भी) विस्तारपूर्वक कहिए; क्योंकि (आपके) अमृतमय वचनों को सुनते हुए मेरी तृप्ति नहीं होती अर्थात सुनने की उत्कण्ठा बनी ही रहती है।।१८।।

गीतार्थ : एक साधक जब आत्मबोध की अवस्था को प्राप्त कर लेता है तब वह सहज ही 'सब में रब है' या 'कण-कण शंकर' की अवधारणा को अनुभव से जान जाता है। मगर उस अवस्था को पाने से पूर्व साधक भक्ति में बुद्धि और भाव के बल पर सभी में ईश्वर को देखने का प्रयास करता है। उसने गुरु से सुना है कि 'सभी में उच्च चेतना का वास है।' उसे अनुभव न सही मगर गुरु के वचनों पर भरोसा है इसलिए वह ईश्वर को अलग-अलग भावों से अलग-अलग पदार्थों या सजीवों में देखने, खोजने का प्रयास करता है।

जो लोग संन्यास लेकर जंगलों या गुफाओं में जाकर जप-तप करते हैं, वे स्वयं के भीतर ही आत्मतत्त्व को खोजने का प्रयास करते हैं। मगर संसार में रहनेवाले ईश्वर, खोजियों के लिए तो सभी में ईश्वर दर्शन का सूत्र ही कारगर है। क्योंकि ऐसा होने पर ही वे हमेशा ईश्वर के चिंतन में लीन रह सकते हैं। जो दिखे उसमें ईश्वर को देखना ही उनकी साधना है।

अर्जुन भी संसार में रहनेवाला खोजी है इसलिए जानना चाहता है कि वह ईश्वर का किस प्रकार निरंतर चिंतन करे... कैसे उसे जाने... किन-किन विभूतियों यानी स्वरूपों में ईश्वर का दर्शन करे। ईश्वर का किस भाव जैसे मित्र, दास, भक्त, सखा, पुत्र आदि से चिंतन करे।

अध्याय १० : १७-१८

उदाहरण के लिए कुछ लोग किसी वृक्ष को ईश्वर स्वरूप मानकर उसकी पूजा करते हैं। कोई अग्नि (ज्वाला) को ईश्वर विभूति मानते हैं। कोई माता-पिता को, कोई गुरु को, कोई किसी मूर्ति को तो कोई किसी आकृति को ईश्वर मानकर पूजता है। कोई ईश्वर को प्रेमी के रूप में, कोई पिता के रूप में, कोई स्वामी के रूप में तो कोई मित्र के रूप में पूजता है। अर्जुन भी श्रीकृष्ण से अपने योग्य भाव और स्वरूप को जानना चाहता है ।

अध्याय १० : १७-१८

● मनन प्रश्न :

१. क्या आपके जीवन में ज़िंदा गुरु का आगमन हुआ है? यदि हाँ तो आप गुरु के प्रति कितना समर्पित हैं?

२. तर्क बुद्धि में फँसे अपने मन की ग्रहणशीलता को परखें।

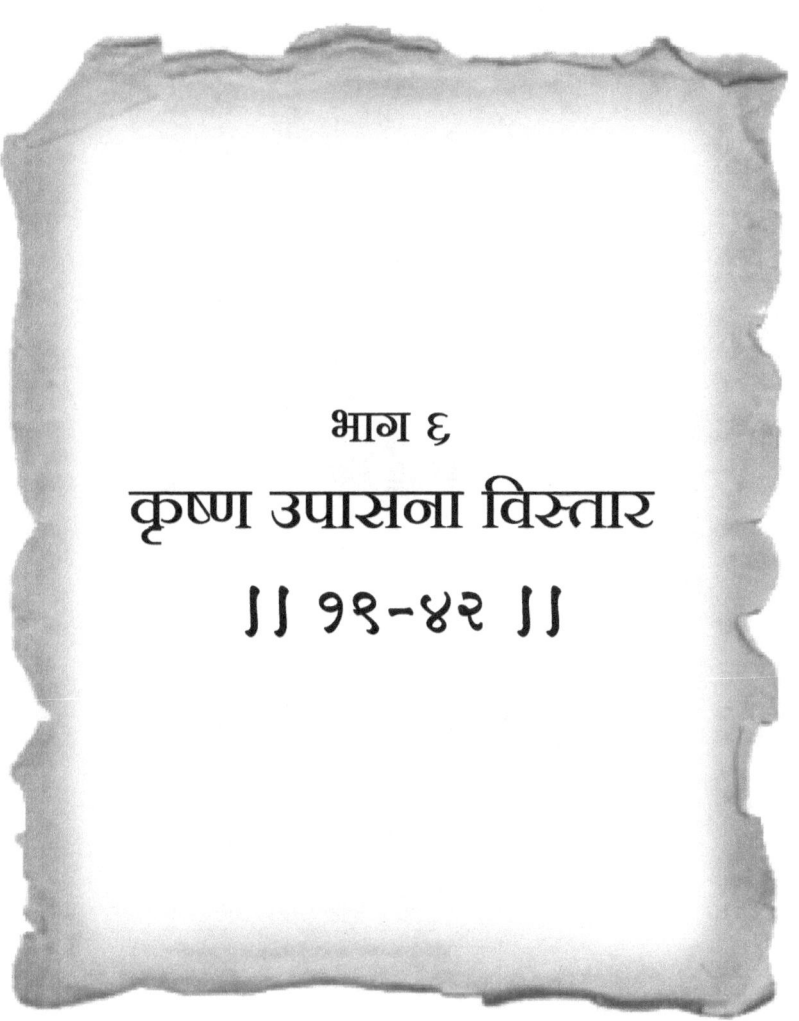

भाग ६
कृष्ण उपासना विस्तार
॥ १९-४२ ॥

अध्याय १०

हन्त ते कथयिष्यामि दिव्या ह्यात्मविभूतय:। प्राधान्यत: कुरुश्रेष्ठ नास्त्यन्तो विस्तरस्य मे॥१९॥
अहमात्मा गुडाकेश सर्वभूताशयस्थित:। अहमादिश्च मध्यं च भूतानामन्त एव च॥२०॥
आदित्यानामहं विष्णुर्ज्योतिषां रविरंशुमान्। मरीचिर्मरुतामस्मि नक्षत्राणामहं शशी॥२१॥
वेदानां सामवेदोऽस्मि देवानामस्मि वासव:। इंद्रियाणां मनश्चास्मि भूतानामस्मि चेतना॥२२॥
रुद्राणां शङ्करश्चास्मि वित्तेशो यक्षरक्षसाम्। वसूनां पावकश्चास्मि मेरु: शिखरिणामहम्॥२३॥
पुरोधसां च मुख्यं मां विद्धि पार्थ बृहस्पतिम्। सेनानीनामहं स्कन्द: सरसामस्मि सागर:॥२४॥
महर्षीणां भृगुरहं गिरामस्म्येकमक्षरम्। यज्ञानां जपयज्ञोऽस्मि स्थावराणां हिमालय:॥२५॥
अश्वत्थ: सर्ववृक्षाणां देवर्षीणां च नारद:। गन्धर्वाणां चित्ररथ: सिद्धानां कपिलो मुनि:॥२६॥

अध्याय १०

उच्चैःश्रवसमश्वानां विद्धि माममृतोद्भवम् । एरावतं गजेन्द्राणां नराणां च नराधिपम् ।।२७ ।।

आयुधानामहं वज्रं धेनूनामस्मि कामधुक् । प्रजनश्चास्मि कन्दर्पः सर्पाणामस्मि वासुकिः ।।२८ ।।

अनन्तश्चास्मि नागानां वरुणो यादसामहम् । पितॄणामर्यमा चास्मि यमः संयमतामहम् ।।२९ ।।

प्रह्लादश्चास्मि दैत्यानां कालः कलयतामहशम् । मृगाणां च मृगेन्द्रोऽहं वैनतेयश्च पक्षिणाम् ।।३०।।

पवनः पवतामस्मि रामः शस्त्रभृतामहम् । झषाणां मकरश्चास्मि स्रोतसामस्मि जाह्नवी ।।३१ ।।

सर्गाणामादिरन्तश्च मध्यं चैवाहमर्जुन । अध्यात्मविद्या विद्यानां वादः प्रवदतामहम् ।।३२ ।।

अक्षराणामकारोऽस्मि द्वंद्वः सामासिकस्य च । अहमेवाक्षयः कालो धाताहं विश्वतोमुखः ।।३३ ।।

मृत्युः सर्वहरश्चाहमुद्भवश्च भविष्यताम् । कीर्तिः श्रीर्वाक्च नारीणां स्मृतिर्मेधा धृतिः क्षमा ।।३४ ।।

अध्याय १०

बृहत्साम तथा साम्नां गायत्री छन्दसामहम् । मासानां मार्गशीर्षोऽहमृतूनां कुसुमाकर: ॥३५॥
द्यूतं छलयतामस्मि तेजस्तेजस्विनामहम् । जयोऽस्मि व्यवसायोऽस्मि सत्त्वं सत्त्ववतामहम् ॥३६॥
वृष्णीनां वासुदेवोऽस्मि पाण्डवानां धनञ्जय: । मुनीनामप्यहं व्यास: कवीनामुशना कवि: ॥३७॥
दण्डो दमयतामस्मि नीतिरस्मि जिगीषताम् । मौनं चैवास्मि गुह्यानां ज्ञानं ज्ञानवतामहम् ॥३८॥
यच्चापि सर्वभूतानां बीजं तदहमर्जुन । न तदस्ति विना यत्स्यान्मया भूतं चराचरम् ॥३९॥
नान्तोऽस्ति मम दिव्यानां विभूतीनां परन्तप । एष तूद्देशत: प्रोक्तो विभूतेर्विस्तरो मया ॥४०॥
यद्यद्विभूतिमत्सत्त्वं श्रीमदूर्जितमेव वा । तत्तदेवावगच्छ त्वं मम तेजोंऽशसम्भवम् ॥४१॥
अथवा बहुनैतेन किं ज्ञातेन तवार्जुन । विष्टभ्याहमिदं कृत्स्नमेकांशेन स्थितो जगत् ॥४२॥

19

श्लोक अनुवाद : इस प्रकार अर्जुन के पूछने पर श्री भगवान बोले– हे कुरुश्रेष्ठ! अब (मैं जो) मेरी दिव्य विभूतियाँ हैं, (उनको) तेरे लिए प्रधानता से कहूँगा; क्योंकि मेरे विस्तार का अंत नहीं है।।१९।।

गीतार्थ : सृष्टि में जो कुछ भी है वह सेल्फ का ही स्वरूप है, उसी की विभूति है। अपने किसी स्वरूप में वह सुप्त है, किसी में आंशिक जाग्रत, किसी में पूर्ण जाग्रत मगर वह सभी में है। उसके विस्तार का अंत नहीं इसलिए उसकी विभूतियों का भी अंत नहीं। सभी को न समझा जा सकता है, न जाना जा सकता है। फिर भी श्रीकृष्ण अर्जुन की समझ में आने योग्य अपनी कुछ दिव्य विभूतियों का वर्णन कर रहे हैं।

20

श्लोक अनुवाद : हे अर्जुन! मैं सब भूतों के हृदय में स्थित सबका आत्मा हूँ। तथा संपूर्ण भूतों का आदि, मध्य और अंत भी मैं ही हूँ।।२०।।

गीतार्थ : इस परम सत्य को श्रीकृष्ण ने गीता में बार-बार कहा है कि 'सेल्फ ही सभी जीवों में स्थित चैतन्यशक्ति है, जिससे समस्त जीव अस्तित्व में हैं। वही उन्हें चलानेवाली फोर्स है, वही उनके भीतर उपस्थित जीवन है। वह नहीं तो जीव मात्र शव है। मन, बुद्धि, अहंकार, प्राणवायु और शरीर उस चैतन्यशक्ति के आवरण हैं। इन आवरणों के भीतर वही एक तत्त्व प्रकाशित है, जो सदैव रहनेवाला है। जिसका न आदि है, न अंत है। जैसे समुंदर की लहरें समुंदर से उठती हैं, उसी के ऊपर चलती हैं और उसी में विलीन हो जाती हैं, ठीक ऐसे ही सभी जीव उसी चेतना से जन्में हैं, उसी से चलते हैं और उसी में विलीन भी हो जाते हैं।

अध्याय १० : २१-२२

21-22

श्लोक अनुवाद : और हे अर्जुन!– मैं अदिति के बारह पुत्रों में विष्णु (और) ज्योतियों में किरणोंवाला सूर्य हूँ (तथा) मैं उनचास वायुदेवताओं का तेज़* (और) नक्षत्रों का अधिपति चंद्रमा हूँ।।२१।।

और मैं– वेदों में सामवेद हूँ, देवों में इंद्र हूँ, इंद्रियों में मन हूँ और भूत प्राणियों की चेतना अर्थात जीवनी शक्ति हूँ।।२२।।

गीतार्थ : समस्त संसार ही सेल्फ की विभूति (स्वरूप) है। उन विभूतियों में भी कुछ दिव्य विभूतियाँ हैं, जिन्हें बाकियों से श्रेष्ठ समझा जाता है। कुछ दिव्य विभूतियों को ईश्वर का साक्षात् रूप समझा जाता है। यानी लोग उनमें ईश्वर को सहजता से अनुभव कर लेते हैं। उनका चिंतन करने से ईश्वर का चिंतन होता है। उन पर फोकस करने से ईश्वरीय गुणों पर फोकस होता है क्योंकि उनके दिव्य गुण ईश्वर के गुणों के निकट हैं। अतः अगले कुछ श्लोकों में श्रीकृष्ण उस समय माने जानेवाली दिव्य विभूतियों का वर्णन कर रहे हैं, जिन्हें वे अपने निकट पाते हैं।

श्रीकृष्ण कहते हैं– 'अदिति पुत्रों में मैं विष्णु और सूर्य हूँ। पुराणों में अदिति को देवताओं की माता कहा जाता है। समस्त संसार को प्रकाश और जीवन देनेवाले सूर्य को उनका पुत्र कहा गया है। साथ ही वे विष्णु के अवतार वामन की भी माता हैं।' श्रीकृष्ण सूर्य और वामन रूपी विष्णु को सेल्फ की दिव्य विभूति बता रहे हैं, जिनमें ईश्वर को अधिक महसूस किया जा सकता है।

इसके बाद वे कहते हैं– 'मैं अलग-अलग तरह की वायु की गति हूँ और नक्षत्रों का स्वामी चंद्रमा हूँ। सभी वेदों में श्रेष्ठ सामवेद, देवों का स्वामी

उनचास मरुतों के नाम में 'मरीचि' नाम कहीं भी नहीं मिला है। अतः मरीचि को मरुत् न मानकर समस्त मरुद्गणों का तेज या किरणें माना गया है।

अध्याय १० : २३-२६

इंद्र, इंद्रियों में मन और जीवों में उनकी चेतना हूँ।' एक तरह से श्रीकृष्ण कह रहे हैं- 'जिस भी वर्ग में जो श्रेष्ठ है, बेस्ट है, वह मेरी ही दिव्य विभूति है। उसमें मैं ज़्यादा जाग्रत हूँ।'

23-24

श्लोक अनुवाद : और मैं- एकादश रुद्रों में शंकर हूँ और यक्ष तथा राक्षसों में धन का स्वामी कुबेर हूँ। मैं आठ वसुओं में अग्नि हूँ और शिखरवाले पर्वतों में सुमेरु पर्वत हूँ।।२३।।

और- पुरोहितों में मुखिया बृहस्पति मुझको जान। हे पार्थ! मैं सेनापतियों में स्कंद और जलाशयों में समुद्र हूँ।।२४।।

गीतार्थ : शास्त्रों में भगवान शिव के ११ रुद्र अवतारों का वर्णन है, जिनमें शंकर भगवान को प्रधान माना जाता है। यक्ष और राक्षसों में धन के स्वामी कुबेर को सर्वश्रेष्ठ माना जाता है। इसी तरह अग्नि और सुमेरु पर्वत अपने-अपने वर्गों में श्रेष्ठ हैं। पुरोहितों में गुरु बृहस्पति, सेनापतियों में स्कंद और जलाशयों में समुंदर को प्रमुख माना जाता है। जो प्रमुत (दृष्टि से ओझल) है, जो श्रेष्ठ है वह सेल्फ की ही दिव्य विभूति है। इसलिए श्रीकृष्ण कहते हैं, 'इनमें तू मेरे ही दर्शन कर।'

25-26

श्लोक अनुवाद : और हे अर्जुन!- मैं महर्षियों में भृगु (और) शब्दों में एक अक्षर अर्थात् ओंकार हूँ। सब प्रकार के यज्ञों में जपयज्ञ (और) स्थिर रहनेवालों में हिमालय पहाड़ हूँ।।२५।।

और मैं- सब वृक्षों में पीपल का वृक्ष, देवर्षियों में नारद मुनि, गन्धर्वों में चित्ररथ और सिद्धों में कपिल मुनि हूँ।।२६।।

गीतार्थ : अपनी बात को आगे बढ़ाते हुए श्रीकृष्ण कहते हैं कि 'महर्षियों में मैं भृगु ऋषि हूँ।' पुराणों में सप्त ऋर्षियों को सबसे महान ऋषि कहा जाता है और इनमें ऋषि भृगु प्रमुख हैं, जिन्हें प्रथम पुरुष मनु की संतान कहा जाता है। आगे श्रीकृष्ण स्वयं को ओंकार स्वरूप कह रहे हैं। शब्दों में ओंकार यानी 'ओम' को सबसे पवित्र माना जाता है क्योंकि इसे ब्रह्मांड की ध्वनि कहा जाता है। कहते हैं पूरा ब्रह्मांड इसी एक स्वर की ताल में ताल मिलाकर चल रहा है। यह ईश्वरीय ध्वनि है।

इसके बाद श्रीकृष्ण यज्ञ में जप को और स्थिर वस्तुओं में हिमालय को अपना स्वरूप बता रहे हैं। जप सबसे सहज और सरल ईश्वरीय साधना है। जिसमें किसी मंत्र या नाम का सहारा लेकर ईश्वर पर ध्यान लगाया जा सकता है। वृक्षों में पीपल को श्रेष्ठ माना जाता है क्योंकि इसमें अनेक अच्छे वनस्पतिक गुण हैं। साथ ही यह बहुत अधिक वर्षों तक जीवित रहता है और रात को भी ऑक्सीजन छोड़ता है। इसके बाद श्रीकृष्ण देवर्षियों में नारद मुनि, गन्धर्वों में चित्ररथ और सिद्ध मुनियों में कपिल मुनि को अपना स्वरूप बता रहे हैं क्योंकि ये सभी अपने-अपने वर्गों में श्रेष्ठ हैं।

27-28

श्लोक अनुवाद : और हे अर्जुन! तू– घोड़ों में अमृत के साथ उत्पन्न होनेवाला उच्चैःश्रवा नामक घोड़ा, श्रेष्ठ हाथियों में ऐरावत नामक हाथी और मनुष्यों में राजा मुझको जान।।२७।।

और हे अर्जुन!– मैं शस्त्रों में वज्र (और) गौओं में कामधेनु हूँ। शास्त्रोक्त रीति से सन्तान की उत्पत्ति का हेतु कामदेव हूँ और सर्पों में सर्पराज वासुकि हूँ।।२८।।

गीतार्थ : पुराणों में समुंद्र मंथन की प्रचलित कथा है, जिसमें देवता और दानवों ने मिलकर समुंद्र को मथा था। जिसमें से उन्हें बहुमुल्य रत्न, अमृत,

विष, लक्ष्मी एवं अन्य श्रेष्ठ वस्तुओं, जीवों की प्राप्ति हुई थी। उन्हीं में उच्चैः श्रवा नामक घोड़ा और ऐरावत नामक हाथी भी थे, जो अपने-अपने वर्ग में श्रेष्ठ माने जाते हैं। मनुष्यों में राजा को श्रेष्ठ नर माना जाता है। इसलिए श्रीकृष्ण इन तीनों को अपनी दिव्य विभूति बता रहे हैं।

श्रीकृष्ण आगे कहते हैं कि 'इसी तरह शस्त्रों में वज्र जो देवताओं के प्रधान स्वामी इंद्र का शस्त्र है, गायों के वंश में कामधेनु जो हर कामना पूरी करनेवाली दिव्य गाय है और मात्र संतानोत्पत्ति के लिए किया गया वासनारहित काम भी सेल्फ का ही दिव्य स्वरूप है।

29-30

श्लोक अनुवाद : तथा- मैं नागों में[1] शेषनाग और जलचरों का अधिपति वरुण देवता हूँ और पितरों में अर्यमा नामक पितर (तथा) शासन करनेवालों में यमराज मैं हूँ।।२९।।

और हे अर्जुन!- मैं दैत्यों में प्रह्लाद और गणना करनेवालों का समय[2] हूँ तथा पशुओं में मृगराज सिंह और पक्षियों में गरुड़ हूँ।।३०।।

गीतार्थ : पुराणों में नागों और सर्पों में शेषनाग का विशेष स्थान है क्योंकि इन्हें भगवान विष्णु की शैया माना जाता है। यह भी कहा जाता है कि इन्होंने अपने फन पर ही इस पृथ्वी को धारण किया हुआ है। इसलिए श्रीकृष्ण नागों में शेषनाग को अपनी दिव्य विभूति बता रहे हैं। देवताओं में वरुण देवता को प्रमुख माना गया है क्योंकि वे जल के देवता हैं। जल से ही जीवन का विकास हुआ है। जल में ही सबसे पहले जीवन की उत्पत्ति हुई थी। इसलिए श्रीकृष्ण जल को अपना ही स्वरूप बता रहे हैं।

दैत्य वंश के भक्त प्रह्लाद की कथा तो आपने सुनी ही होगी, जिनकी

---

१. *नाग और सर्प ये दो प्रकार की सर्पों की ही जाति है।*
२. *क्षण, घड़ी, दिन, पक्ष, मास आदि में जो समय है वह मैं हूँ।*

रक्षा के लिए स्वयं विष्णु को नरसिंह अवतार लेकर आना पड़ा था। अपनी भक्ति के कारण वे दैत्य वंश के सर्वश्रेष्ठ वंशज हैं। उनके दिव्य गुण उन्हें ईश्वरीय विभूति बनाते हैं। इसके बाद श्रीकृष्ण समय को, मृग और विष्णु के वाहन गरुड़ को भी अपना ही स्वरूप बता रहे हैं।

31

श्लोक अनुवाद : और- मैं पवित्र करनेवालों में वायु (और) शस्त्रधारियों में श्रीराम हूँ (तथा) मछलियों में मगर हूँ और नदियों में श्री भागीरथी गंगाजी हूँ।।३१।।

गीतार्थ : वायु- जीवन को स्वस्थ और गतिमान रखती है। सूर्य का प्रकाश और स्वच्छ पवित्र वायु जीवन के अति आवश्यक अवयव हैं इसलिए ये सेल्फ का उच्चतम स्वरूप हैं। श्रीराम को मर्यादा पुरुषोत्तम कहा जाता है। उन्होंने शस्त्र कभी स्वार्थ पूर्ति हेतु नहीं उठाए। हमेशा जनकल्याण के लिए, दुष्टों के विनाश के लिए ही उठाए। उन्होंने सदैव शत्रुओं को भी सम्मान दिया और उनके प्रति मन में कोई दुर्भावना नहीं रखी। युद्ध में भी उन्होंने सदैव मर्यादाओं का पालन किया इसीलिए उन्हें शस्त्रधारियों में सर्वश्रेष्ठ कहा जाता है। मछलियों की प्रजाति में मगरमच्छ, नदियों में गंगा नदी श्रेष्ठ हैं। अतः उन्हें भी सेल्फ की दिव्य विभूति कहा गया है।

32

श्लोक अनुवाद : और- हे अर्जुन! सृष्टियों का आदि और अंत तथा मध्य (भी) मैं ही (हूँ)। मैं विद्याओं में अध्यात्मविद्या अर्थात ब्रह्मविद्या (और) परस्पर विवाद करनेवालों का तत्त्व-निर्णय के लिए किया जानेवाला वाद हूँ।।३२।।

गीतार्थ : श्रीकृष्ण कहते हैं, 'मैं अपनी किन-किन विभूतियों का वर्णन करूँ क्योंकि सब मुझसे ही तो प्रकट हुआ है। मैं ही समस्त सृष्टियों का आदि, अंत

और मध्य हूँ। सब सेल्फ के संकल्प से ही प्रकट हो रहा है, चल रहा है और समाप्त हो रहा है। सब उसी से उठ रहा है, उसी में सब व्याप्त है और समाप्ति पर उसी के भीतर विलीन हो जाता है। उससे बाहर न कुछ था, न है और न होगा।'

सेल्फ की पहचान और उसका अनुभव करानेवाली विद्या या ज्ञान को अध्यात्म विद्या या ब्रह्मविद्या कहा गया है। गीता का ज्ञान भी ब्रह्मविद्या ही है। यह विद्या बाकी सभी विद्याओं से श्रेष्ठ है क्योंकि यह हमें स्वअनुभव कराती है। इसलिए श्रीकृष्ण इसे स्वयं का स्वरूप बताते हैं।

वाद-विवाद बहुत तरह के होते हैं। कुछ सार्थक जिनसे किसी सही निर्णय पर पहुँचा जा सकता है और कुछ निरर्थक जो बिना किसी उद्देश्य के लिए किए जाते हैं। ये हमारी ऊर्जा और समय दोनों बरबाद करते हैं, साथ ही हमारे क्रोध और अहंकार जैसे विकारों को बढ़ाते हैं। श्रीकृष्ण कहते हैं, 'वह वाद सर्वश्रेष्ठ है जो इंसान को तत्त्व-निर्णय तक पहुँचाता है, उसे तत्त्वबोध कराता है। पुराने समय में ज्ञानी, विद्वानी तत्त्वज्ञान को सामने लाने के लिए ऐसे ही सकारात्मक शास्त्रार्थ किया करते थे।' ऐसे वाद के लिए श्रीकृष्ण कहते हैं, 'वह मेरा ही स्वरूप है।'

33-34

श्लोक अनुवाद : तथा-मैं अक्षरों में अकार हूँ और समासों में द्वंद्व नामक समास हूँ। अक्षयकाल अर्थात काल का भी महाकाल (तथा) सब ओर मुखवाला, विराट्स्वरूप (सबका) धारण-पोषण करनेवाला (भी) मैं ही हूँ।।३३।।

हे अर्जुन!- मैं सबका नाश करनेवाला मृत्यु और उत्पन्न होनेवालों का उत्पत्ति-हेतु हूँ तथा स्त्रियों में कीर्ति*, श्री, वाक्, स्मृति, मेधा, धृति और क्षमा हूँ।।३४।।

**कीर्ति आदि ये सात देवताओं की स्त्रियाँ और स्त्रीवाचक नामवाले गुण भी प्रसिद्ध हैं इसलिए दोनों प्रकार से ही भगवान की विभूतियाँ हैं।*

गीतार्थ : भाषा में स्वरों (मात्राओं) का बहुत महत्त्व है। उनके बिना भाषा बोली और लिखी नहीं जा सकती। स्वरों में अकार (आ की मात्रा) सबसे प्रथम, सर्वाधिक प्रचलित और महत्वपूर्ण है। इसलिए श्रीकृष्ण भाषा में इस एक स्वर को अपनी उच्चतम अभिव्यक्ति बता रहे हैं। इसी तरह संस्कृत भाषा में द्वंद्व समास का विशेष महत्त्व है। इसमें दो पदों को जोड़कर एक सयुंक्त और अर्थपूर्ण पद बनता है। जैसे 'पाप और पुण्य' को 'पाप-पुण्य' लिखा जाएगा। इसके गुणों, महत्त्व और उपयोगिता के कारण श्रीकृष्ण इस समास को अपनी ही विभूति बता रहे हैं।

इसके बाद श्रीकृष्ण कहते हैं, 'काल का भी काल, महाकाल और सब का पालन करनेवाला भी मैं ही हूँ। वह मृत्यु की प्रक्रिया जिसके द्वारा जीव शरीर छोड़ते हैं और जन्म की प्रक्रिया, जिसके द्वारा जीव शरीर धारण करते हैं, वह भी मैं ही हूँ। उनके जन्म का कारण भी मैं ही हूँ।'

गुरु जब खोजी को बताते हैं कि 'कण-कण में ईश्वर की उपस्थिति को महसूस करो' तो वह सभी जड़ और चेतन वस्तुओं में ईश्वर को देखने का प्रयास करता है। लेकिन इस अध्याय में श्रीकृष्ण ने अपनी कितनी अलग-अलग तरह के स्वरूपों के बारे में बताया है। भाषा, वाद, तर्क, जन्म, मृत्यु, गुण, अवगुण, कला, विद्या, भाव, विचार... जो कुछ भी है, सब सेल्फ ही है, उसके अतिरिक्त कुछ भी नहीं...।

इसी क्रम में वे कहते हैं कि 'स्त्रियों के विशेष गुण जैसे उनकी वाणी, मेमोरी (स्मृति), बुद्धि या विवेक शक्ति (मेधा), धैर्य या धीरज का गुण (धृति) और दूसरों को माफ करने का गुण (क्षमा) ये सभी मेरी ही विभूतियाँ हैं।'

35-36

श्लोक अनुवाद : तथा गायन करने योग्य श्रुतियों में मैं बृहत्साम (और) छंदों में गायत्री छंद हूँ (तथा) महीनों में मार्गशीर्ष (और) ऋतुओं में वसंत मैं हूँ।।३५।।

हे अर्जुन! मैं छल करनेवालों में जुआ (और) प्रभावशाली पुरुषों का प्रभाव हूँ। मैं जीतनेवालों का विजय हूँ, निश्चय करनेवालों का निश्चय और सात्त्विक पुरुषों का सात्त्विक भाव हूँ।।३६।।

गीतार्थ : 'जो अपने वर्ग या क्षेत्र में श्रेष्ठ है, उसे मेरा ही दिव्य स्वरूप जान' यही उद्घोषणा श्रीकृष्ण बार-बार कर रहे हैं। वे कहते हैं, 'गायन करने योग्य श्रुतियों में मैं बृहत्साम (वेदों की ऋचाएँ*) हूँ। इसी तरह छंदों में गायत्री छंद को सर्वश्रेष्ठ माना जाता है। महीनों में मार्गशीर्ष और ऋतुओं में वसंत को श्रेष्ठ कहा जाता है। श्रीकृष्ण कहते हैं- 'जो श्रेष्ठ है, वह मैं, मुझे ही जान।'

इसी तरह छल करनेवाली क्रियाओं में जुआ प्रधान है, उसे भी मुझे ही जान। मैं ही प्रभावशाली पुरुषों का प्रभाव, जीतनेवालों की विजय, निश्चय करनेवालों का निश्चय और सात्त्विक पुरुषों का सात्त्विक भाव हूँ।' कहने का तात्पर्य यह है कि इंसान के अंदर उसकी समस्त विषेशताएँ और प्राप्तियाँ चेतना के कारण ही हैं। वास्तव में वे चेतना की विशेषताएँ और प्राप्तियाँ हैं, जो उस शरीर विशेष के द्वारा अभिव्यक्त हो रही हैं।

इंसान स्वयं को प्रभावशाली, शक्तिशाली समझता है मगर वह यह नहीं जानता कि उसके ये गुण उसमें तभी तक हैं, जब तक उसके भीतर चेतना प्रकाशित है। वह मात्र उनकी अभिव्यक्ति कर रहा है, बाकी कुछ नहीं। इस बात को समझते हुए आप अपने भीतर के विशेष गुणों और उपलब्धियों पर

*वेदों में वर्णित ज्ञान वाक्यों को ऋचाएँ कहा जाता है।

दृष्टि डालें और उन्हें ईश्वर की कृपा या प्रसाद मानकर उनकी भक्ति भाव से अभिव्यक्ति करें। यही आपकी सच्ची साधना होगी।

37

श्लोक अनुवाद : और– वृष्णिवंशियों* में वासुदेव अर्थात मैं स्वयं तेरा सखा, पाण्डवों में धनंजय अर्थात तू, मुनियों में वेदव्यास (और) कवियों में शुक्राचार्य कवि भी मैं (ही) हूँ।।३७।।

गीतार्थ : श्रीकृष्ण का वंश वृष्णिवंश है। वृष्णि उनके पूर्वज थे। उनके अनेक वंशज भी हुए होंगे मगर सेल्फ सबसे ज़्यादा श्रीकृष्ण के रूप में ही अभिव्यक्त हुआ। इसलिए वे स्वयं को भी सेल्फ की विभूति कहते हैं। इसी तरह पांडवों में सबसे ज़्यादा कीर्ति अर्जुन की ही थी। वह श्रेष्ठ धर्नुधर था। वह भी उसी चेतना की दिव्य विभूति है। आगे श्रीकृष्ण मुनियों में वेदव्यास और कवियों में शुक्राचार्य को भी अपना स्वरूप बताते हैं।

आपने भी नोटिस किया होगा, किसी कवि की कविता सुनकर या किसी गायक का गायन सुनकर अथवा किसी नृतक का नृत्य देखकर आपके रोंगटे खड़े हो गए होंगे। आप कह उठे होंगे, 'अद्भुत, लगता है स्वयं सरस्वती गा रही है... स्वयं महादेव नृत्य कर रहे हैं... यह तो निश्चय ही ईश्वरीय अभिव्यक्ति है...' अपने दिल से निकली इस बात को गलत न समझें। वाकई ये सब ईश्वरीय विभूतियाँ ही होती हैं, जो ईश्वरीय गुणों को उच्चतम रूप से अभिव्यक्त करती हैं। संसार में जो भी सर्वश्रेष्ठ प्रदर्शन हो रहा है, चाहे किसी भी श्रेत्र में हो, किसी भी शरीर के द्वारा हो, वह सब ईश्वरीय अभिव्यक्ति ही है।

**यादवों के अंतर्गत एक वृष्णि वंश भी था।*

38

श्लोक अनुवाद : मैं– दमन करनेवालों का दंड अर्थात दमन करने की शक्ति हूँ, जीतने की इच्छावालों की नीति हूँ, गुप्त रखने योग्य भावों का (रक्षक) मौन हूँ और ज्ञानवानों का तत्त्वज्ञान मैं ही हूँ।।३८।।

गीतार्थ : जो कुछ है वह सेल्फ ही है, उससे बाहर कुछ भी नहीं। मान लीजिए, एक महान क्रिकेट खिलाड़ी है। यदि खोजी को कहा जाए कि 'वह सेल्फ की विभूति है, उसमें ईश्वर को जान' तो सामान्यतः खोजी की सोच उस शरीर तक ही सीमित रहेगी। मगर जिस तरह से श्रीकृष्ण अपनी दिव्य विभूतियों का वर्णन कर रहे हैं, उसके अनुसार वह खिलाड़ी, उसका बल्ला, उसका खेल कौशल, उसकी शक्ति, उसकी योग्यता, उसकी रणनीति, उसकी जीतने की इच्छाशक्ति, उसका साहस और खेलने के बाद उसकी जीत या हार, उसकी उपलब्धियाँ... ये सभी कुछ भी सेल्फ ही है।

इसी बात को बढ़ाते हुए श्रीकृष्ण कहते हैं, 'वह शक्ति जिससे न्यायपालिका दुराचारियों का दमन करती है या उन्हें दंड देती है वह भी मैं ही हूँ। जीतने की इच्छावाले लोग जो नीति या प्लानिंग बनाते हैं, जिस पर चलकर वे जीतते हैं, वह भी मैं ही हूँ। जिस मौन धारणा से गुप्त रखने योग्य भावों की रक्षा होती है, वह मौन भी मैं ही हूँ और ज्ञानवानों का तत्त्वज्ञान भी मैं ही हूँ। ज्ञान, भाव, शक्ति, नीति ये सब शरीर की नहीं बल्कि चेतना की विशेषताएँ हैं।'

39-40

श्लोक अनुवाद : और हे अर्जुन! जो सब भूतों की उत्पत्ति का कारण है, वह भी मैं (ही हूँ; क्योंकि ऐसा) वह चर और अचर (कोई भी) भूत नहीं है, जो मुझसे रहित हो।।३९।।

हे परंतप! मेरी दिव्य विभूतियों का अंत नहीं है, मैंने (अपनी) विभूतियों का यह विस्तार तो (तेरे लिए) एकदेश से अर्थात संक्षेप से कहा है ।।४०।।

गीतार्थ : सेल्फ अनादि है, अनंत है, इस कारण उसकी विभूतियाँ भी अनंत हैं। प्रस्तुत अध्याय में तो श्रीकृष्ण ने उदाहरण के तौर पर बहुत सीमित विभूतियों का वर्णन किया है ताकि अर्जुन को सेल्फ के स्वरूपों का कुछ तो आइडिया मिले वरना अनंत सेल्फ की विभूतियाँ भी अनंत ही हैं।

जैसे दूध एक पदार्थ है। उससे कितना कुछ बनता है। दही, मक्खन, लस्सी, ताक, घी, मिठाई, मावा, खोया, पनीर, आइसक्रीम... आदि। कहने को ये सब अलग-अलग प्रोडक्ट हैं लेकिन सभी में दूध उपस्थित है। सभी उसका ही स्वरूप हैं। सबका कारण दूध ही है। ऐसे ही सेल्फ ही सृष्टि में बनी प्रत्येक चीज़ का कारण है। ऐसा कुछ भी नहीं जिसमें सेल्फ उपस्थित न हो।

यहाँ एक बात और मनन करने योग्य है कि श्रीकृष्ण ने अर्जुन को अपनी श्रेष्ठ विभूतियों का चिंतन करने को क्यों कहा। क्योंकि आप जिसका चिंतन करते हैं, जिन गुणों पर फोकस करते हैं, वे गुण आपमें भी आने लगते हैं। दिव्य स्वरूप का चिंतन करने से आपका व्यक्तित्त्व भी दिव्यता से भरेगा। आपमें भी ईश्वरीय गुणों का संचार होगा। मूर्ति पूजा या साकार भक्ति का भी यही उद्देश्य है- श्रेष्ठ का चिंतन करो और स्वयं श्रेष्ठ बन जाओ।

41-42

श्लोक अनुवाद : इसलिए हे अर्जुन!- जो-जो भी विभूतियुक्त अर्थात ऐश्वर्ययुक्त, कांतियुक्त और शक्तियुक्त वस्तु है, उस-उसको तू मेरे तेज के अंश की ही अभिव्यक्ति जान।।४१।।

अथवा हे अर्जुन! इस बहुत जानने से तेरा क्या (प्रयोजन है)। मैं इस संपूर्ण जगत् को (अपनी योगशक्ति के) एक अंश मात्र से धारण करके स्थित हूँ।।४२।।

अध्याय १० : ४१-४२

गीतार्थ : श्रीकृष्ण अर्जुन से कहते हैं, 'संसार में जो भी श्रेष्ठ, शक्तिशाली, प्रभावी, उपयोगी है...उसे तू मेरा ही स्वरूप समझ। उसमें मेरा ही तेज़ है। इस संपूर्ण जगत् को मैंने ही धारण किया हुआ है। सब जगह मुझे ही देख, मुझे ही अनुभव कर।'

यदि श्रीकृष्ण की यह बात अर्जुन या किसी भी खोजी की समझ में आ जाए तो ज़रा सोचिए, उसकी दृष्टि कैसी हो जाएगी। उसे हर जगह, हर हाल में चेतना के ही दर्शन होंगे। उसके लिए मैं-तू, मेरा-तेरा का भेद ही मिट जाएगा। उसमें अपनी किसी भी योग्यता, शक्ति, गुण या उपलब्धि का अभिमान नहीं होगा क्योंकि वह जान जाएगा कि ये सब उसके नहीं बल्कि सेल्फ के ही कारण हैं। वह तो मात्र अभिव्यक्ति का माध्यम है। इस तरह से धीरे-धीरे वह अहंकाररहित हो जाएगा। वह निरंतर शुद्ध और पवित्र होता जाएगा और फिर धीरे-धीरे तत्त्वदर्शी (हर जगह सेल्फ को ही देखनेवाला) हो जाएगा। श्रीकृष्ण अर्जुन से इसी अवस्था की आशा रखते हैं।

अध्याय १० : ४१-४२

● मनन प्रश्न :

१. भाग छह में सेल्फ की विभूति के विस्तार अर्थात सेल्फ की विराट अभिव्यक्ति को पढ़कर आप आश्चर्यचकित होंगे... इस आश्चर्य भाव में रहते हुए गहराई से मनक करें कि... जब इस दृश्य-अदृश्य जगत की हर चीज़ सेल्फ की विभूति है, सारा जगत ही सेल्फमय है... और उस सेल्फ के प्रति हम समर्पित हैं तो फिर यह 'मैं' कौन है?

अध्याय ११
विश्वरूपदर्शन योग

॥ अध्याय ११ सूची ॥

श्लोक	विषय	पृष्ठ
1-4	अर्जुन का एहसानमंदी भाव और याचना	67
5-8	श्रीकृष्ण कृपा और दिव्य चक्षु	75
9-14	संजय का आदर्श व्यवहार और कर्तव्य	83
15-18	अर्जुन का स्वअनुभव अर्जुन के शब्दों में	91
19-31	अर्जुन के ध्यान में नकारात्मक अनुभव और सवाल	97
32-34	महाकाल श्रीकृष्ण का खुलकर अपना रहस्य खोलना	109
35-36	अर्जुन में खुशी और डर एक साथ	115
37-46	अर्जुन द्वारा श्रीकृष्ण की सराहना और क्षमा याचना	121
47-55	श्रीकृष्ण के विश्वरूपदर्शन का खुलासा और सार	131

भाग १
अर्जुन का एहसानमंदी भाव और याचना
॥ १-४ ॥

अध्याय ११

(विश्वरूप के दर्शन हेतु अर्जुन की प्रार्थना) मदनुग्रहाय परमं गुह्यमध्यात्मसञ्ज्ञितम् । यत्त्वयोक्तं वचस्तेन मोहोऽयं विगतो मम ।।१।।

भवाप्ययौ हि भूतानां श्रुतौ विस्तरशो मया । त्वतः कमलपत्राक्ष माहात्म्यमपि चाव्ययम् ।।२।।

एवमेतद्यथात्थ त्वमात्मानं परमेश्वर। द्रष्टुमिच्छामि ते रूपमैश्वरं पुरुषोत्तम।।३।।

मन्यसे यदि तच्छक्यं मया द्रष्टुमिति प्रभो । योगेश्वर ततो मे त्वं दर्शयात्मानमव्ययम् ।।४।।

1

श्लोक अनुवाद : अर्जुन बोले, हे भगवन्!– मुझ पर अनुग्रह करने के लिए आपने जो परम गोपनीय अध्यात्म विषयक वचन अर्थात् उपदेश कहा, उससे मेरा यह अज्ञान नष्ट हो गया है।।१।।

गीतार्थ : गीता के आरंभ में अर्जुन कर्तव्य कर्म से भटका हुआ मोह और विषाद से ग्रसित, असमंजस में पड़ा हुआ खोजी था। जो श्रीकृष्ण की शरण में 'आप ही बताइए मैं क्या करूँ' के सवाल के साथ हाज़िर हुआ था। श्रीकृष्ण ने उसे दूसरे अध्याय से दसवें अध्याय तक जीव-चेतना, जन्म-मृत्यु, जीवन, कर्म से संबंधित रहस्य बताए। हरेक अध्याय में उन्होंने अर्जुन की अनेक जिज्ञासाओं को संतुष्ट किया। बार-बार वही ज्ञान दोहराते हुए भी वे थके नहीं।

दसवें अध्याय में श्रीकृष्ण ने अपनी अनंत विभूतियों का वर्णन कर, उसे समझाया कि संसार में जो भी (विभूतियाँ) हैं, वे **केवल मेरे तेज के अंश की अभिव्यक्ति** (TKA) है। उसे सुनकर अर्जुन अभिभूत हो उठा। उसकी अवस्था में परिवर्तन आया। वह जिज्ञासाओं में फँसे खोजी से दोष **दृष्टि रहित भक्त** बन गया। वह प्रेम पक्षी बना और अनन्य भाव से श्रीकृष्ण (अनुभव, सेल्फ) की शरण हो गया। अनायास ही उसके मुख से निकला, 'हे भगवन, आपने अब तक अध्यात्म का जो अमूल्य उपदेश दिया है, उससे मेरा मोह ढीला पड़ गया है। मोह से बेहोश मन अब थोड़ा सावधान हो गया है।'

अब अर्जुन के लिए क्या बचता है, धन्यवाद देने के सिवाय... सराहना करने के सिवाय... कृतज्ञता प्रकट करने के सिवाय...। ग्यारहवाँ अध्याय 'विश्वरूप दर्शन योग' में अर्जुन यही कर रहा है। वह एहसानमंदी के भाव से भरा है, जिसे वह अपने शब्दों में, अपने भाव से व्यक्त करने की कोशिश कर रहा है।

2

श्लोक अनुवाद : क्योंकि हे कमलनेत्र! मैंने आपसे भूतों की उत्पत्ति और प्रलय विस्तारपूर्वक सुने हैं तथा (आपकी) अविनाशी महिमा भी (सुनी है)।।२।।

अध्याय ११ : ३

गीतार्थ : दसवें अध्याय तक आते-आते अर्जुन समर्पित भक्त बन चुका है। वह चेतना (सेल्फ) के रहस्य को जान चुका है। श्रीकृष्ण में भी वह उसी एक सेल्फ के दर्शन कर रहा है और उसी सेल्फ से बात भी कर रहा है। इस श्लोक में अर्जुन सेल्फ की उच्चतम विभूति श्रीकृष्ण से कहता है, 'भूतों की उत्पत्ति और प्रलय आपसे ही होते हैं, यह बात आपने कई बार बताई है। साथ ही आपकी अखंड, अविनाशी महिमा का भी मैं कायल हूँ। इंसान जो भी श्रेष्ठता हासिल करता है, वह कायम नहीं रहती लेकिन आप (सेल्फ) की श्रेष्ठता अविनाशी है।

आपकी अलौकिक शक्ति का अंदाज़ा इसी से लगाया जा सकता है कि करोड़ों साल से चलती आ रही इस सृष्टि में अनंत पदार्थ पैदा होते रहते हैं। लेकिन आपकी पदार्थ पैदा करने की शक्ति कभी क्षीण नहीं होती। इसलिए इस पृथ्वी पर आपकी भौतिक, लौकिक अभिव्यक्ति कायम बनी रहती है।'

3

श्लोक अनुवाद : हे परमेश्वर! आप अपने को जैसा कहते हैं, यह (ठीक) ऐसा ही है, (परन्तु) हे पुरुषोत्तम! आपके ज्ञान, ऐश्वर्य, शक्ति, बल, वीर्य और तेज से युक्त ऐश्वर्य-रूप को (मैं प्रत्यक्ष) देखना चाहता हूँ।।३।।

गीतार्थ : अर्जुन अभी भी आश्चर्य और धन्यवाद के भाव से भरा हुआ है। वह कहता है, 'हे श्रेष्ठ ईश्वर, आप अपने को जैसा बता रहे हैं, वैसा ही है। मुझे इसमें तनिक भी संदेह नहीं रह गया है। सारा जगत् आपसे ही पैदा होता है, आपके आधार पर ही टिका रहता है और प्रलय के समय आपमें ही विलीन हो जाता है। यह बात मैं जान चुका हूँ।'

श्रीकृष्ण के प्रति गहरी श्रद्धा और विश्वास के कारण अर्जुन को उनकी अतार्किक बातों में भी सत्यता महसूस हुई। हमारे शास्त्रों में ईश्वर का वर्णन कुछ इस प्रकार किया गया है कि वह ज्ञान, ऐश्वर्य, शक्ति, बल, वीर्य और तेज़ इन छह गुणों से संपन्न है। अतः अर्जुन भगवान से कहता है कि 'ऐसे

अध्याय ११ : ४

वैभवशाली और विविध गुणों से परिपूर्ण ईश्वर को मैं प्रत्यक्ष देखना चाहता हूँ। समस्त जगत् की प्रत्येक वस्तु में ईश्वर की व्यापकता को बुद्धि से तो मैं समझ गया हूँ लेकिन अनुभव से जानने के लिए मैं आपके ईश्वरीय रूप को देखना चाहता हूँ। सिद्धांत के रूप में आपका बताया तत्त्वज्ञान मैं ग्रहण कर रहा हूँ लेकिन उस पर पूर्ण विश्वास करने के लिए मैं उसका दर्शन करना चाहता हूँ।'

4

श्लोक अनुवाद : इसलिए– हे प्रभो*! यदि मेरे द्वारा आपका वह रूप देखा जाना शक्य है– ऐसा आप मानते हैं तो हे योगेश्वर! आप अपने उस अविनाशी स्वरूप का मुझे दर्शन कराइए।।४।।

गीतार्थ : अर्जुन विनम्र भाव से पुनः श्रीकृष्ण से अनुरोध करता है कि 'हे प्रभो, यदि आप मुझे इस योग्य मानते हैं कि आपका विराट स्वरूप मेरे लिए देखना संभव है तो कृपा करके आप मुझे वह दिखाइए।' ब्रह्मांड में व्याप्त परमेश्वर का दर्शन अज्ञान अवस्था के होते हुए भी मिले, ऐसी अर्जुन की इच्छा है। अब तक किए श्रवण से अर्जुन आत्मज्ञानी नहीं बना है, यह भान उसे था। यहाँ अर्जुन श्रीकृष्ण को योगेश्वर करके संबोधित कर रहा है। वह जानता है कि ध्यान योग, भक्ति योग, कर्म योग, ज्ञान योग, हठ योग आदि जितने भी योग हो सकते हैं, कृष्ण उन सबके मालिक हैं इसलिए वह कृष्ण से अपना विश्वरूप दर्शन कराने के लिए नम्रतापूर्वक निवेदन करता है।

कृष्ण के विश्वरूप दर्शन को लेकर लोगों के मन में कई भ्रांतियाँ फैली हैं। टी.वी. सीरियल व अनेक कथाकारों ने अपनी कल्पना की उड़ान से इसे अतिरंजित रूप देकर लोगों को भ्रमित किया है। आखिर इंसान किसी उच्चतम रूप की कल्पना करेगा तो उस रूप में वह वही देखना चाहेगा, जो

---

*उत्पत्ति स्थिति और प्रलय तथा अन्तर्यामी रूप से शासन करनेवाला होने से भगवान का नाम 'प्रभु' है।

अध्याय ११ : ४

उसकी दृष्टि में विराट है। विराट रूप के लिए वह यही कहेगा कि 'जो ज़मीन से आसमान तक लंबा हो, जिसके अनेक हाथ और सिर हो, हीरे-जवाहरातों से लदा हो, दिव्य शस्त्रों से युक्त हो, हज़ारों सूर्यों के जितना प्रकाशमान हो आदि।

आपको कल्पना के इस विराट स्वरूप को नहीं देखना है बल्कि कृष्ण के तत्त्वरूप को अपने होने के एहसास (स्वरूप) और सबमें देखना, विराट दर्शन है। अगर आप इस श्लोक को ठीक से समझेंगे तो कृष्ण के बाह्य विराटरूप की कल्पना में कभी नहीं फँसेंगे।

इस श्लोक में अर्जुन श्रीकृष्ण से कहता है कि आप अपने तत्त्व रूप को मुझे दिखाइए। अर्थात निराकार को आकार में दिखाइए। मैं आपका अव्ययी, अविनाशी आत्मरूप देखना चाहता हूँ। अव्ययी अर्थात जिसे बाँटा न जा सके। यह सारा जगत् जिस बैकग्राउंड पर चल रहा है, अर्जुन उसे देखना चाहता है। अर्जुन श्रीकृष्ण से कहता है कि 'आप रुद्र में हैं, चंद्रमा में हैं, हिमालय में हैं, गंगा में हैं, ऐरावत में हैं, शेषनाग में हैं लेकिन ये सब तो आखिर भाग हैं, खंड में बँटे हैं। मैं जानना चाहता हूँ कि आप अखंडित किस तरह से हैं? मुझे अपने अखंडित, अव्यय रूप को दिखाइए।'

यहाँ समझ यह हो कि अर्जुन जब कृष्ण को अपना विराट रूप दिखाने के लिए कहता है तो वह आँखों से देखने की बात नहीं कह रहा। जैसे पत्नी अपने पति से कहती है, 'ज़रा नमक तो देखना सब्ज़ी में' यानी यह है जीभ से देखना... रात के अँधेरे में जब विचित्र आवाज़ें आती हैं तो बच्चा अपनी माँ से कहता है, 'देखो मम्मी कैसी आवाज़ें आ रही हैं' यानी यह है कानों से देखना...। जब कोई कहे, 'देखो तो कैसी सुगंध आ रही है यानी यह है नाक से देखना...। बच्चा कहता है, 'पापा देखो ये सवाल कैसे हल होगा' यानी यह है बुद्धि से देखना...। इस तरह आप देख सकते हैं कि यहाँ 'देखना' इस शब्द का शब्दशः अर्थ नहीं लिया गया है। ठीक यही बात अर्जुन के विराट रूप दर्शन की माँग के लिए भी लागू होती है।

अध्याय ११ : ४

अर्जुन अनुभव की आँख से कृष्ण का विराट रूप दर्शन करना चाहता है। वह उस तेज अनुभव को अनुभव करना चाहता है, जिसमें उसे इस सृष्टि की हर वस्तु में परमचेतना दिखाई दे। वह कृष्ण के बाह्य रूप में सारी सृष्टि को नहीं देखना चाहता बल्कि सारी सृष्टि में कृष्ण को देखना चाहता है। कृष्ण के साथ एकाकार होना चाहता है। वह ईश्वर से ईश्वर को ही माँग रहा है।

अध्याय ११ : ४

● मनन प्रश्न :

१. क्या आप कभी ईश्वर के प्रति एहसानमंदी का भाव महसूस करते हैं? यदि 'हाँ' तो उन्हें ईश्वर के नाम एक पत्र में लिखें और उसे सामने बैठा मान पढ़कर सुनाएँ।

२. सभी लोगों में एक ही चेतना का वास है, क्या आप इससे सहमत हैं? यदि 'हाँ' तो ऐसे पाँच लोगों से क्षमा माँगिए जिनके प्रति आपके मन में अपराधबोध या ग्लानि है और पाँच ऐसे लोगों को क्षमा करिए जिनके प्रति आपके मन में कोई बात बैठी हुई है। क्षमा साधना इस समझ से करें कि सभी में एक ही चेतना है और उसी से क्षमा साधना चल रही है।

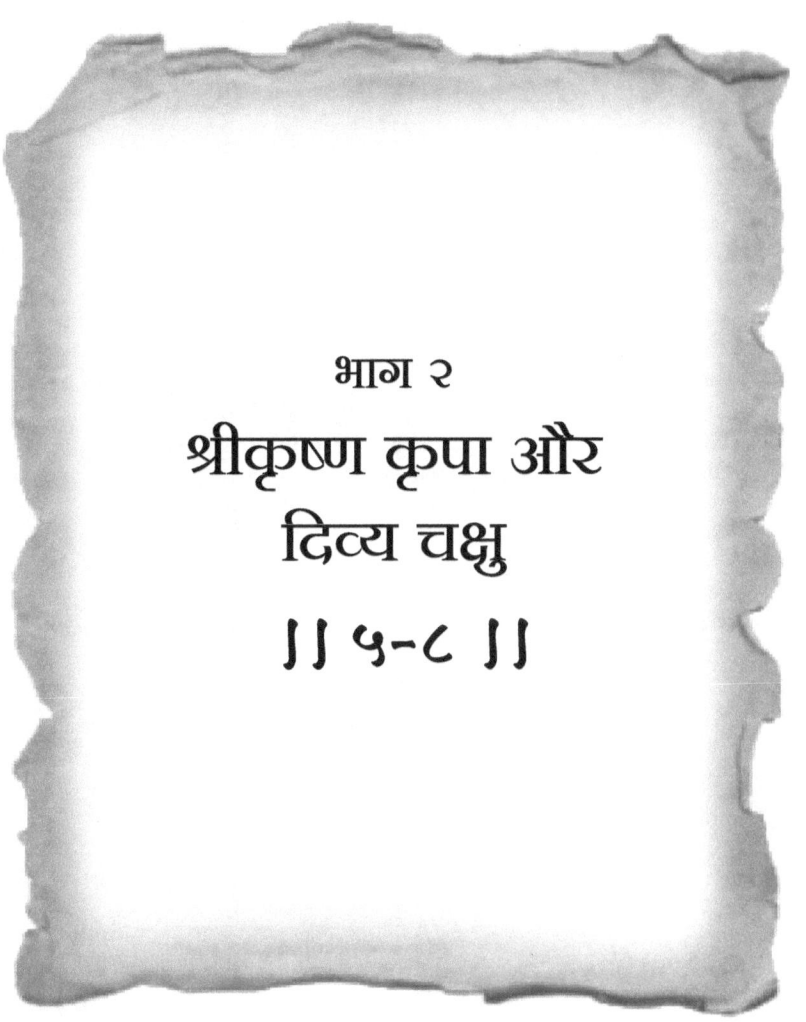

भाग २
श्रीकृष्ण कृपा और दिव्य चक्षु
॥ ५-८ ॥

अध्याय ११

पश्य मे पार्थ रूपाणि शतशोऽथ सहस्रशः । नानाविधानि दिव्यानि नानावर्णाकृतीनि च ।।५।।

पश्यादित्यान्वसून्रुद्रानश्विनौ मरुतस्तथा । बहून्यदृष्टपूर्वाणि पश्याश्चर्याणि भारत।।६।।

इहैकस्थं जगत्कृत्स्नं पश्याद्य सचराचरम् । मम देहे गुडाकेश* यच्चान्यद्द्रष्टमिच्छसि ।।७।।

न तु मां शक्य से द्रष्टमनेनैव स्वचक्षुषा । दिव्यं ददामि ते चक्षुः पश्य मे योगमैश्वरम् ।।८।।

5-6

श्लोक अनुवाद : श्री भगवान् बोले– हे पार्थ! अब (तू) मेरे सैकड़ों-हजारों नाना प्रकार के और नाना वर्ण तथा नाना आकृतिवाले अलौकिक रूपों को देख।।५।।

और– हे भरतवंशी अर्जुन! (मुझमें) आदित्यों को अर्थात् अदिति के द्वादश पुत्रों को, आठ वसुओं को, एकादश रुद्रों को, दोनों अश्विनीकुमारों को (और) उनचास मरुद्गणों को देख तथा (और भी) बहुत-से पहले न देखे हुए आश्चर्यमय रूपों को देख।।६।।

गीतार्थ : अर्जुन के द्वारा की गई विराटरूप दर्शन की माँग को स्वीकारते हुए भगवान कृष्ण कहते हैं कि देख... इस सृष्टि में मैं अनेक रूप, रंग, आकार की विविधता लिए प्रकट हुआ हूँ। तू उन सबको मुझमें देख। तरह-तरह के जीव-जंतु, आकर्षक फल-फूल, नदी-तालाब, ऊँची पर्वत श्रृंखलाओं आदि सभी को तू मुझमें देख। नाना वनस्पतियाँ, जो अनेक औषधीय गुणों से युक्त हैं, इन सभी अलौकिक रूपों को मुझमें देख।

हे भरतवंशी अर्जुन, इस स्थूल और सूक्ष्म जगत् में चेतना के अलग-अलग स्तरों पर रहनेवाले अदिति के बारह पुत्रों को, आठ वसुओं को, ग्यारह रुद्रों को, दोनों अश्विनीकुमारों को (और) उनचास मरुद्गणों को देख। इसके अतिरिक्त बहुत से पहले न देखे हुए आश्चर्यमय रूपों को भी देख।

आप जानते हैं दूर स्थित ग्रह, तारों को देखने के लिए दूरदर्शी यंत्र का उपयोग किया जाता है। लेकिन उचित चित्र प्राप्त करने के लिए दूरदर्शी यंत्र को समायोजित (well adjust) करना पड़ता है, जिससे कि ग्रह, नक्षत्र दृष्टि पथ में आ जाएँ। इसी प्रकार श्रीकृष्ण ने कथा-कहानियों में वर्णन किए अनुसार स्वयं को विराट रूप में परिवर्तित नहीं किया बल्कि अर्जुन को आंतरिक समायोजन करने के लिए प्रेरित किया।

यह आंतरिक समायोजन और कुछ नहीं बल्कि आंतरिक समाधि का अनुभव है। पूरा अध्याय आंतरिक समाधि का अनुभव है। इसे बाहर वर्णन करने

के लिए शब्द सबके अलग-अलग हो सकते हैं मगर वास्तविकता यह है कि श्रीकृष्ण अर्जुन को ध्यान ध्यान की गहराई में उतरने के लिए प्रेरित कर रहे हैं, जिससे वह उनका या कहें स्वयं का अनुभव कर सके।

किसी के लिए सीधे अनुभव पर जाना संभव नहीं है। इसके लिए पूर्व तैयारी आवश्यक है। सारे संशयों, जिज्ञासाओं को त्यागकर अहंभाव का पूर्ण समर्पण आवश्यक है। इस समय अर्जुन की ऐसी पात्रता तैयार हो चुकी है इसलिए श्रीकृष्ण उसे मार्गदर्शन देकर, ध्यान की उस अवस्था में ले जाना चाहते हैं, जहाँ वह स्वअनुभव पा सके, शरीर से परे जाकर अपना विराट, असीमित अनुभव कर सके।

बहुत से लोग जब सुनते हैं कि ध्यान में बैठने से अनेक लाभ होते हैं, ऐसे-ऐसे अलौकिक अनुभव होते हैं तो उनके भीतर ध्यान के प्रति रुचि जगती है। फिर जब वे ध्यान में उतरने लगते हैं तो पहली बार उन्हें आश्चर्य होता है कि हमारे शरीर का एक दूसरा मोड़ भी है। एक अलग मोड़ जिसमें शरीर वैसे व्यवहार नहीं करता, जैसा सामान्यतः करता है।

उदाहरण के लिए जब आप नीचे बैठकर काम करते हैं और थोड़ी देर के बाद उठते हैं तो टाँगें अकड़ जाती हैं या ज़्यादा बैठने से कमर दुखने लगती है। मगर ध्यान के अभ्यास के बाद जब कोई घंटों ध्यान करने के बाद भी उठकर चलता है तो जैसे टाँग में कुछ हुआ ही नहीं होता। शारीरिक रूप से वह बिलकुल फिट और हलका महसूस करता है।

पहले जो योगी बहुत दिनों तक ध्यान में बैठते थे, उनके ब्लड सरक्युलेशन में कोई समस्या नहीं आती थी। शरीर बिना खाए-पीए भी स्वस्थ रहता था, साँस बंद हो जाती थी फिर भी। कारण- शरीर का मोड़ चेंज हो जाता है। ध्यान से शरीर पर काम करनेवाले प्रकृति के नियम बदल जाते हैं।

अध्याय ११ : ७

कितने लोग इस रहस्य को बिना जाने धरती से चले गए और कितने आज भी इसे अनुभव करते हैं। लोग ऐसे योगियों को चमत्कारी मानते हैं मगर वास्तव में यह ध्यान की शक्ति है। लंबे समय तक ध्यान करनेवालों को ऐसे अलौकिक अनुभव मिलते हैं।

श्रीकृष्ण अर्जुन से ऐसे ही ध्यान की तैयारी करवा रहे हैं।

7

श्लोक अनुवाद : और- हे अर्जुन! अब इस मेरे शरीर में एक जगह स्थित चराचर सहित सम्पूर्ण जगत् को देख (तथा) और भी जो (कुछ) देखना चाहता हो, (सो देख) ।।७।।

गीतार्थ : इसी विषय को आगे बढ़ाते हुए श्रीकृष्ण कहते हैं, 'अपनी देह में ही तू जड़ और चेतन जगत् को देख।' जैसे फिल्म के एक छोटे से परदे पर सारी दुनिया दिखाई दे सकती है, यह एक जादू ही है। वैसे ही अपनी देह में इस संपूर्ण ब्रह्मांड की फिल्म को एक साथ देखा जा सकता है क्योंकि सब कुछ वही एक चेतना है और वही चेतना इस देह के भीतर भी व्याप्त है।

वे आगे कहते हैं, 'इसके अलावा और जो कुछ देखना चाहता है, वह भी देख।' क्योंकि इंसान के अंदर ऐसी बहुत सी इच्छाएँ होती हैं कि मुझे यह देखना है, वह देखना है। लेकिन इंसान को पता नहीं है कि उसके अंदर ही पूरा विश्व, पूरी आकाश गंगा, पूरा ब्रह्मांड है। श्रीकृष्ण ने यह अनुभव माता यशोदा को भी कराया था।

यह कृष्ण की प्रसिद्ध बाललीला है। एक बार जब श्रीकृष्ण बालक थे तो यशोदा ने उन्हें मुँह खोलने के लिए कहा। उन्हें लगा कि वे मिट्टी खा रहे

∗निद्रा को जीतनेवाला होने से अर्जुन का नाम 'गुडाकेश' हुआ था।

अध्याय ११ : ८

हैं। मुँह खोलने पर उन्हें बालकृष्ण के भीतर पूरा ब्रह्मांड दिखा। अर्थात उस समय वे गहरी समाधि में चली गई थीं।

श्रीकृष्ण अर्जुन को वही अनुभव देना चाहते हैं इसलिए उससे कह रहे हैं- 'तू जो भी देखना चाहता है, वह सब देख। मैं नाना प्रकार से तुझे सब तेरे अंदर ही दिखाऊँगा।'

8

श्लोक अनुवाद : परन्तु मुझको (तू) इन अपने प्राकृत नेत्रों द्वारा देखने में निःसंदेह समर्थ नहीं है; इसी से (मैं) तुझे दिव्य अर्थात् अलौकिक चक्षु देता हूँ; (उससे तू) मेरी ईश्वरीय योग शक्ति को देख।।८।।

गीतार्थ : पिछले तीन श्लोकों में बताया गया है कि श्रीकृष्ण कैसे अर्जुन को उसकी इच्छा के मुताबिक विश्वरूप दर्शन यानी स्वअनुभव पाने के लिए ध्यान में ले जा रहे हैं। स्वअनुभव इंद्रियों से परे का अनुभव है, वह शारीरिक आँखों से आत्मानुभव नहीं हो सकता। अतः श्लोक में जब श्रीकृष्ण अर्जुन को अलौकिक चक्षु देने की बात करते हैं तो वास्तव में वे उसे ज्ञान चक्षु दे रहे हैं।

जैसे किसी इंसान को किसी बात की जानकारी नहीं होती, वह उसके बारे में भ्रम में रहता है। तभी कोई आकर उसे उस बात की पूरी जानकारी देता है तो वह कहता है कि 'अच्छा ऐसा है, तुमने तो मेरे ज्ञान चक्षु ही खोल दिए...।' ज्ञान चक्षु मिलना यानी किसी बात का सही ज्ञान, सही समझ मिल जाना।

श्रीकृष्ण की कृपा से अर्जुन के ज्ञान चक्षु खोलने का काम अध्याय-२ से ही चल रहा है। सांख्ययोग और कर्मयोग की समझ मिलना स्वअनुभव में उतरने की पूर्व तैयारी का ही हिस्सा था। यह तैयारी अध्याय-११ के इस

अध्याय ११ : ८

श्लोक तक आते-आते पूरी होती गई। इस क्षण अर्जुन को ज्ञान चक्षु मिल गए यानी वह धीरे-धीरे उस अवस्था में आ गया, जहाँ वह पूर्णतः अपने होने का एहसास करने के लिए तैयार है।

अध्याय ११ : ८

● मनन प्रश्न :

१. गीता की समझ मिलने से पूर्व ईश्वर के स्वरूप को लेकर आपकी क्या-क्या कल्पनाएँ थी?

२. इस अध्याय में मिली समझ से उन कल्पनाओं में क्या-क्या सुधार हुआ है?

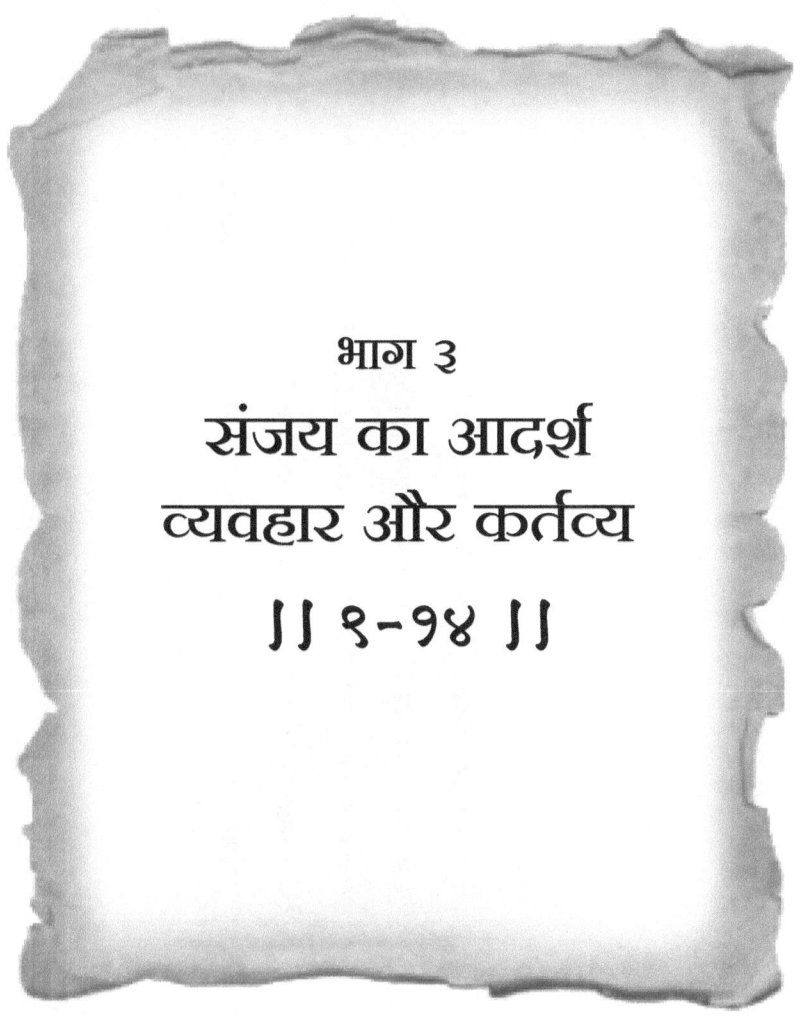

भाग ३
संजय का आदर्श व्यवहार और कर्तव्य
॥ १-१४ ॥

अध्याय ११

एवमुक्त्वा ततो राजन्महायोगेश्वरो हरिः । दर्शयामास पार्थाय परमं रूपमैश्वरम् ।।९ ।।

अनेकवक्त्रनयनमनेकाद्भुतदर्शनम् । अनेकदिव्याभरणं दिव्यानेकोद्यतायुधम् ।।१० ।।

दिव्यमाल्याम्बरधरं दिव्यगन्धानुलेपनम् । सर्वाश्चर्यमयं देवमनन्तं विश्वतोमुखम् ।।११।।

दिवि सूर्यसहस्रस्य भवेद्युगपदुत्थिता । यदि भाः सदृशी सा स्याद्भासस्तस्य महात्मनः।।१२ ।।

तत्रैकस्थं जगत्कृत्स्नं प्रविभक्तमनेकधा । अपश्यद्देवदेवस्य शरीरे पाण्डवस्तदा।।१३ ।।

ततः स विस्मयाविष्टो हृष्टरोमा धनञ्जयः । प्रणम्य शिरसा देवं कृताञ्जलिरभाषत।।१४।।

9

श्लोक अनुवाद : संजय बोले- हे राजन्! महायोगेश्वर और सब पापों के नाश करनेवाले भगवान् ने इस प्रकार कहकर उसके पश्चात् अर्जुन को परम ऐश्वर्य युक्त दिव्यस्वरूप दिखलाया।।९।।

गीतार्थ : इस श्लोक से संजय धृतराष्ट्र को अर्जुन के श्रीकृष्ण का परम ऐश्वर्य युक्त दिव्यस्वरूप देखने यानी उसकी स्वअनुभव की अवस्था पाने का आँखों देखा हाल बयान कर रहे हैं। अब प्रश्न यह है कि एक इंसान के आंतरिक अनुभव का वर्णन कोई दूसरा इंसान कैसे कर सकता है? मान लीजिए, एक पान का शौकीन इंसान पान खा रहा है। उस समय उसकी मुख मुद्रा अति आनंदित प्रतीत हो रही है। अब वह उस समय भीतर से कैसा आनंद महसूस कर रहा है, यह तो वही जान सकता है, जो स्वयं उसी की तरह ही पान का प्रेमी हो। जो ठीक वैसा ही पान खाता हो जैसा कि वह इंसान...।

कहने का तात्पर्य यह है कि संजय भी एक स्वअनुभवी इंसान हैं। वे उस अवस्था से गुज़र चुके हैं, जिससे आज अर्जुन गुज़र रहा है। इसीलिए वे जानते हैं कि अर्जुन की इस समय कैसी स्थिति है। वास्तव में संजय अर्जुन से उच्च आध्यात्मिक अवस्था में हैं। स्वअनुभव पर रहते हुए वे अपना कर्तव्य कर्म (धृतराष्ट्र को वर्णन करना) भी कर रहे हैं।

यही स्वअनुभव पर स्थापित (स्टैबलाइज) योगी की अवस्था होती है, वह हर जगह, हर हाल में काम करते हुए या ध्यान करते हुए सदैव अनुभव पर ही रहेगा। ईसा मसीह सूली पर लटके हुए भी अनुभव में थे इसलिए वे अपने अपराधियों के लिए क्षमा प्रार्थना कर पा रहे थे। संजय महल की सुख-सुविधाओं के बीच बैठे थे, बोल भी रहे थे। यदि धृतराष्ट्र चुप बैठ जाता तो वे अनुभव में ही रहते। अर्जुन युद्ध के मैदान में स्वअनुभव ले रहा है। श्रीकृष्ण की भी ऐसी ही अवस्था है। वे स्वअनुभव पर स्थापित होकर युद्ध में अपनी भूमिका भी निभा रहे हैं और अर्जुन को भी ज्ञान दे रहे हैं। हमारा लक्ष्य भी यही होना चाहिए, स्वअनुभव पर रहते हुए संसार में अपने कर्तव्य कर्म करना। यही इंसान के जीवन का कुल-मूल लक्ष्य है।

इसका अभ्यास ध्यान के साथ ही करना है। ध्यान की आरंभिक अवस्था में

ध्यान में ज़रा भी कोई व्यवधान आया। जैसे कोई शोर हुआ, फोन की घंटी बजी, बच्चे ने तंग किया तो बहुत चिड़चिड़ होती है, तनाव आता है कि 'क्या मुसीबत है, कोई शांति से ध्यान भी नहीं करने देता?' उस समय ध्यान रखना है कि वह ध्यान तो मात्र अभ्यास है कि बाहर कुछ भी हलचल हो आप अपने स्रोत से न हिलें। श्रीकृष्ण अर्जुन को युद्ध के मैदान में, शोर शराबे के बीच ध्यान करवा रहे हैं। आप तो फिर भी उससे बेहतर हालत में ध्यान कर रहे हैं।

10-11

श्लोक अनुवाद : और उस अनेक मुख और नेत्रों से युक्त, अनेक अद्भुत दर्शनोंवाले, बहुत-से दिव्य भूषणों से युक्त (और) बहुत से दिव्य शस्त्रों को हाथों में उठाए हुए।।१०।।

दिव्य माला और वस्त्रों को धारण किए हुए (और) दिव्य गंध का सारे शरीर में लेप किए हुए, सब प्रकार के आश्चर्यों से युक्त, सीमारहित (और) सब ओर मुख किए हुए विराट्स्वरूप परमदेव परमेश्वर को (अर्जुन ने देखा) ।।११।।

गीतार्थ : प्रस्तुत श्लोकों में अर्जुन की स्वअनुभव की अवस्था का वर्णन किया जा रहा है। इस वर्णन में तीन लोग सम्मिलित हैं। पहला अर्जुन जिसे अनुभव हो रहा है। दूसरे संजय, जो धृतराष्ट्र को उस स्वअनुभव की अवस्था का वर्णन सुना रहे हैं और तीसरे वेदव्यास, जो इस संपूर्ण घटनाक्रम को महाभारत ग्रंथ के रूप में लिख रहे हैं। निश्चय ही वे भी स्वअनुभवी ऋषि हैं।

अनुभव तो एक ही है लेकिन उसका अनुभव कर्ता शरीर अपने शारीरिक गुणों के हिसाब से वर्णन करता है। उदाहरण के लिए यदि स्वअनुभव कर्ता शरीर कोई चित्रकार है तो वह उस अनुभव को अपने चित्रों में प्रदर्शित करेगा।

यदि वह शरीर कवि है तो कविता में, यदि वह संगीतकार है तो संगीत के माध्यम से वर्णन करेगा। इसीलिए किसी ने उस अनुभव को सुंदर दैवीय चित्रों में ढाला तो किसी ने उसे अनहद नाद कहा, किसी ने 'ओम' कहा तो किसी ने बस प्रकाश कहा...।

अध्याय ११ : १२

यदि उनके अनुभवों के शब्दों को पकड़कर बैठा जाए कि ईश्वर ऐसा ही होता है तो यह गलत है। लोग उसी चित्र या रूप को ही ईश्वर का निश्चित रूप मानकर बैठ जाएँगे। फिर उसी रूप की चर्चा होगी और उसी रूप के चित्र बनेंगे। चित्रकार तो अपनी कल्पना से चित्र बनाएगा मगर लोग उसी की पूजा करेंगे। वे अनुभव पर तो गए नहीं और चित्र या मूर्ति देखकर ही समझेंगे कि उन्हें ईश्वर का दर्शन हो गया, जबकि यह विश्वरूपदर्शन नहीं है।

इन श्लोकों में जिस अनेक अद्भुत दर्शनोंवाले, बहुत से दिव्य भूषणों, शस्त्रों, दिव्य माला और वस्त्रों को धारण किए जिस विराट स्वरूप परमेश्वर का वर्णन किया गया है, वह अर्जुन के आंतरिक अनुभव का वर्णन है। उसे विशिष्ट बताने के लिए यह चित्र प्रस्तुत किया गया है क्योंकि वह असीमित, अवर्णीय स्वअनुभव किसी चित्र या शब्दों की सीमा से परे है।

12

श्लोक अनुवाद : और हे राजन्!– आकाश में हजार सूर्यों के एक साथ उदय होने से उत्पन्न (जो) प्रकाश हो, वह (भी) उस विश्व रूप परमात्मा के प्रकाश के सदृश कदाचित् (ही) हो ।।१२।।

गीतार्थ : मान लीजिए, एक चोर जेल से भाग रहा है। पुलिस उसका पीछा करते हुए तेज़ सर्च लाइट उसके ऊपर डालती है तो क्या होगा ? उसकी आँखें चौंधिया जाती हैं। उसे उस प्रकाश के पीछे कौन है, दिखता ही नहीं है। वह चोर जो भाग रहा था, वहीं ठहर जाता है। स्वअनुभव ले रहे अर्जुन की भी ऐसी ही अवस्था है।

अर्जुन पहले युद्ध से भाग रहा था लेकिन अब जाग रहा है। अब वह चीज़ों को ध्यान के प्रकाश में देख रहा है। यह कोई सामान्य प्रकाश नहीं है, यह चेतना का दिव्य प्रकाश है, जिसके प्रकट होने पर और कुछ न दिखाई दे। सब उसी प्रकाश में विलीन हो जाए। जिसमें सारे भ्रम और माया लुप्त हो जाते हैं और सत्य के सारे रहस्य खुल जाते हैं।

इस श्लोक में कहा गया है कि 'चेतना के प्रकाश के आगे हज़ारों सूर्य से एक साथ निकला हुआ प्रकाश भी कुछ नहीं है। यहाँ एक बार फिर उस अनुभव की उपमा खोजने की कोशिश की जा रही है, जिसकी कोई उपमा हो ही नहीं सकती। मगर फिर भी यदि उसे शब्दों में लाना है तो उसके लिए महाप्रकाश, महापुंज जैसे शब्दों का प्रयोग किया गया है। सत्य तो यह है कि उस अनुभव को किसी शब्द से समझाया ही नहीं जा सकता।

13-14

श्लोक अनुवाद : और– ऐसे आश्चर्यमय रूप को देखते हुए– पाण्डुपुत्र अर्जुन ने उस समय अनेक प्रकार से विभक्त अर्थात् पृथक्-पृथक् सम्पूर्ण जगत् को देवों के देव श्रीकृष्ण भगवान् के उस शरीर में एक जगह स्थित देखा।।१३।।

और उसके अनंतर वह आश्चर्य से चकित (और) पुलकित– शरीर अर्जुन प्रकाशमय विश्वरूप परमात्मा को (श्रद्धा-भक्ति सहित) सिर से प्रणाम करके हाथ जोड़कर बोला।।१४।।

गीतार्थ : श्रीकृष्ण जैसे गुरु की कृपा से अर्जुन को इस समय ध्यान में ऐसे-ऐसे अनुभव आ रहे हैं, जिन्हें पाने में एक सामान्य खोजी को सालों लग सकते हैं। वे उसे उसके सामने खड़े हुए ही स्वअनुभव करवा रहे हैं। वह अपने ध्यान में आए हुए अनुभव के बारे में बता रहा है। कभी ध्यान में यह अनुभव आया... कभी ध्यान में वह अनुभव आया... कभी तीव्र प्रकाश दिख रहा है... कभी संपूर्ण जगत् उस प्रकाश में समाहित दिखता है... कभी उस चेतना से सब निकलता प्रतीत होता है तो कभी उसमें विलीन होता नज़र आता है... कभी शरीर की सीमाएँ टूटती नज़र आती हैं और शरीर से परे का अनुभव होता है...। ऐसे ही विभिन्न अलौकिक अनुभवों को लेता अर्जुन आश्चर्य चकित और पुलकित होकर श्रीकृष्ण के सामने नतमस्तक हो जाता है।

अब इस श्लोक से आगे के कुछ श्लोकों में अर्जुन अपने इस स्वअनुभव का श्रीकृष्ण को फीडबैक देगा। एक तरह से वह स्वअनुभव का वर्णन अर्जुन की पर्सनल डायरी है। उसने अनुभव को अपनी सोच और समझ के आधार पर, अपनी सीमाओं में रहते हुए वर्णित किया है। उस वर्णन को पढ़कर आपको ईश्वर की कोई निश्चित इमेज नहीं बनानी है कि 'अर्जुन को ध्यान में ईश्वर के ऐसे-ऐसे दर्शन हुए तो मुझे भी वैसे ही होंगे और यदि नहीं हुए तो मेरा ध्यान असफल हो गया।' आप उस वर्णन को अर्जुन का व्यक्तिगत अनुभव समझकर ही पढ़ें। ज़रूरी नहीं कि आपको भी वैसा ही अनुभव मिले।

अध्याय ११ : १३-१४

● **मनन प्रश्न :**

१. क्या आप ध्यान में आए व्यवधानों से विचलित होते हैं? मनन करें, इस अध्याय में मिली समझ के बाद आप उन व्यवधानों को कैसे देखेंगे?

२. इस भाग में आपको संजय के उदाहरण से कर्तव्य कर्मों का क्या महत्त्व समझ आया है? मनन करें, क्या आपने कभी ज्ञान की बातों का सहारा लेकर कर्तव्य कर्मों से बचने की कोशिश की है?

भाग ४

अर्जुन का स्वअनुभव
अर्जुन के शब्दों में

|| १५-१८ ||

अध्याय ११

पश्यामि देवांस्तव देव देहे सर्वांस्तथा भूतविशेषसङ्घान्। ब्रह्माणमीशं कमलासनस्थमृषींश्च सर्वानुरगांश्च दिव्यान्।।१५।।

अनेकबाहूदरवक्त्रनेत्रंपश्यामि त्वां सर्वतोऽनन्तरूपम् । नान्तं न मध्यं न पुनस्तवादिं पश्यामि विश्वेश्वर विश्वरूप।।१६।।

किरीटिनं गदिनं चक्रिणं च तेजोराशिं सर्वतो दीप्तिमन्तम । पश्यामि त्वां दुर्निरीक्ष्यं समन्ताद्दीप्तानलार्कद्युतिमप्रमेयम।।१७।।

त्वमक्षरं परमं वेदितव्यंत्वमस्य विश्वस्य परं निधानम्। त्वमव्ययः शाश्वतधर्मगोप्ता सनातनस्त्वं पुरुषो मतो मे।।१८।।

15-16

श्लोक अनुवाद : अर्जुन बोले- हे देव! (मैं) आपके शरीर में सम्पूर्ण देवों को तथा अनेक भूतों के समुदायों को, कमल के आसन पर विराजित ब्रह्मा को, महादेव को और सम्पूर्ण ऋषियों को तथा दिव्य सर्पों को देखता हूँ।।१५।।

और- हे सम्पूर्ण विश्व के स्वामिन! आपको अनेक भुजा, पेट, मुख और नेत्रों से युक्त (तथा) सब ओर से अनन्त रूपोंवाला देखता हूँ। हे विश्वरूप! (मैं) आपके न अन्त को देखता हूँ, न मध्य को और न आदि को (ही)।।१६।।

गीतार्थ : अर्जुन की स्वअनुभव की पर्सनल डायरी शुरू हो चुकी है। वह श्रीकृष्ण को फीडबैक दे रहा है कि उसे क्या-क्या अनुभव आ रहे हैं, वह सेल्फ को किस-किस तरह से महसूस कर रहा है। अब ऐसा अनुभव जो इंद्रियों और मन की पकड़ से परे है, उसका कोई वर्णन करे तो कैसे करे...? फिर भी अर्जुन प्रयास कर रहा है अगले कुछ श्लोकों में उसने स्वअनुभव की तुलना बड़ी-बड़ी चीज़ों से की है क्योंकि वह वैसा ही महसूस कर रहा है। लेकिन आपको उनका शाब्दिक अर्थ नहीं पकड़ना है बल्कि उनके पीछे छिपे गहरे अर्थ को समझना है।

श्लोक में अर्जुन परमचैतन्य कृष्ण (सेल्फ) की उपस्थिति सर्वत्र अनुभव कर रहा है या यूँ कहा जाए कि सर्वत्र को श्रीकृष्ण के भीतर उपस्थित अनुभव कर रहा है। जैसे यदि आपको रस में डूबा एक रसगुल्ला दिखाकर पूछा जाए कि 'बताओ रस कहाँ है?' तो आप कहेंगे- 'रस रसगुल्ले के भीतर है और बाहर भी।' माया (रसगुल्ला) और मायापति सेल्फ (रस) की भी यही स्थिति है। संसार में जो कुछ भी आपने इंद्रियों के माध्यम से जाना-समझा है, वह सब माया का हिस्सा है और माया मायापति के अंदर है।

इसी अनुभव को अर्जुन प्रतीकात्मक रूप से बता रहा है कि वह श्रीकृष्ण (चेतना) के भीतर संपूर्ण देवों को, भूतों के समुदायों को, कमल के आसन पर विराजित ब्रह्मा को, महादेव को और संपूर्ण ऋषियों को तथा दिव्य सर्पों को देख रहा है। वह देख रहा है कि उस चेतना के अनेक भुजा, पेट, मुख और नेत्र हैं। वह सब ओर से अनंत रूपोंवाली है। उसका न आदि है, न मध्य और न ही अंत है।

यहाँ जब अर्जुन कहता है कि 'वह देख रहा है', तो इसका अर्थ है कि वह

ये सब अनुभव कर रहा है। क्योंकि सामान्य आँखों से अनुभव देखा नहीं जा सकता लेकिन इस अनुभव को टी.वी. सीरियलों और फिल्मों में दृश्य में लाने हेतु आधुनिक कंप्यूटराइज तकनीकों का इस्तेमाल करके, बड़े ही अच्छे ढंग से फिल्माया जाता है। जिसमें दिखाया जाता है कि श्रीकृष्ण के शरीर का आकार बढ़ता जा रहा है। उनके शरीर से अनेक भुजाएँ निकल रही हैं, उनका पेट बहुत बड़ा हो रहा है, जिसमें समस्त ग्रह, सृष्टि गोल-गोल घूम रही है, उनके हज़ारों मुख, हज़ारों नेत्र हैं।

ऐसे दृश्यों को देखकर अज्ञान में लोग समझते हैं कि ईश्वर का विराट दिव्य स्वरूप ऐसा ही होता होगा। जब वह दर्शन देता होगा तो ऐसे ही देता होगा, जबकि ऐसा नहीं है। जब ईश्वर निराकार है, जब वह अतिंद्रिय (इंद्रियों से परे) है तो भला वह कैसे ऐसे दर्शन दे सकता है। इस तरह के व्याख्यान मात्र प्रस्तुतिकरण तकनीकें हैं, उस दुर्लभ अनुभव को शब्दों में या दृश्यों में लाने के लिए एवं दूसरों को बताने के लिए कि वह अनुभव कुछ अलग, कुछ विशेष, कुछ दिव्य है।

जब अर्जुन कहता है कि 'श्रीकृष्ण के हज़ार भुजाएँ, नेत्र, सिर हैं' तो इसका तात्पर्य यह है कि 'वह चेतना सृष्टि पर असंख्य शरीरों के रूप में अभिव्यक्त हो रही हैं। सभी जीव उसी चेतना के तो शरीर हैं, वही सबकी अधिष्ठान आत्मा तत्त्व है।' वास्तव में अर्जुन इस समय 'मैं भी वही, तू भी वही... सबमें रब है' के सत्य को अनुभव से महसूस कर रहा है। वह उस चेतना का अनुभव कर रहा है, जिसका न कोई आरंभ पकड़ सकता है, न मध्य और न अंत क्योंकि वह अनादि, अनंत है।

17

श्लोक अनुवाद : और हे विष्णो!- आपको (मैं) मुकुटयुक्त, गदायुक्त और चक्रयुक्त (तथा) सब ओर से प्रकाशमान तेज के पुंज, प्रज्वलित अग्नि और सूर्य के सदृश ज्योतियुक्त, कठिनता से देखे जाने योग्य (और) सब ओर से अप्रमेयस्वरूप देखता हूँ।।१७।।

गीतार्थ : जब कोई भक्त ईश्वर का ध्यान करता है तो उनके भीतर से ईश्वर के वे ही काल्पनिक चित्र उभरकर आते हैं, जो उसके भीतर बचपन से छपे होते हैं। उदाहरण के लिए जिस इंसान ने ईश्वर को निराकार ज्योतिस्वरूप बिंदु के रूप में जाना है, वह जब-जब ईश्वर का ध्यान करेगा, उसे अपने अंतःकरण में वही ज्योति नज़र आएगी। इसी तरह जिस इंसान ने ईश्वर को ईसा मसीह के रूप में जाना है तो उसके सामने उनकी ही मूर्ति आएगी। अर्जुन का अंतःकरण उसे ईश्वरीय अनुभव की छवि दिखा रहा है, जो सब ओर से, तेज़ प्रकाश से प्रकाशमान है। यदि अर्जुन के हृदय में ईश्वर के रूप की कल्पना छपी है तो वह इस दिव्य अनुभव का उसी रूप में वर्णन करेगा, जैसे ऊपर दिए गए श्लोक में कर रहा है।

आगे अर्जुन कहता है, 'आपका स्वरूप कठिनता से देखे जाने योग्य और अप्रमेय स्वरूप है।' अप्रमेय यानी ऐसा जिसे मापा न जा सके, जिसे मन, बुद्धि, इंद्रियों के द्वारा देखा या समझा न जा सके, जिसका कोई प्रमाण न हो, जो बेहद है, अनंत है। जिसे इंद्रियों से नहीं देखा जा सकता, निश्चय ही वह कठिनता से भी नहीं देखा जाएगा। उसका अनुभव तो मन, बुद्धि, इंद्रियों, कल्पनाओं से परे जाकर ही होगा।

18

श्लोक अनुवाद : इसलिए हे भगवन्!- आप (ही) जानने योग्य परम अक्षर अर्थात परब्रह्म परमात्मा हैं, आप (ही) इस जगत् के परम आश्रय हैं, आप (ही) अनादि धर्म के रक्षक हैं (और) आप (ही) अविनाशी सनातन पुरुष हैं (ऐसा) मेरा मत है।।१८।।

गीतार्थ : अर्जुन स्वअनुभव से भाव विभोर है। वह श्रीकृष्ण के रूप में उपस्थित उस परमचैतन्य की स्तुति करते हुए कह रहा है कि 'आप ही जानने योग्य परम अक्षर ओम हैं, आप ही परब्रह्म हैं।' ओम एक ध्वनि है। यह ध्वनि उस ऊर्जा की है जो सभी जगह आकाश, ब्रह्मांड... यहाँ तक कि प्रत्येक कण-कण में मौजूद है। पूरी सृष्टि इसी गूँज से लयबद्ध होकर

अध्याय ११ : १८

चल रही है। निश्चय रूप से कहें तो यह ब्रह्मांड में व्याप्त सिंक्रोनाइजेशन (वर्णनात्मकता) की ध्वनि है। यह भी उसी परब्रह्म चेतना का स्वरूप है।

अर्जुन श्रीकृष्ण को संपूर्ण जगत् का परम आश्रय कह रहे हैं क्योंकि यह जगत् उसी चेतना से चलायमान है। वह चेतना अविनाशी है अर्थात उसका कभी विनाश नहीं होता, वह हमेशा रहती है। वह अविनाशी चेतना ही सनातन पुरुष है। सनातन का अर्थ है– जो पूर्वकाल से चला आ रहा हो और पुरुष का अर्थ है– इस शरीररूपी पुर (नगर) में रहनेवाली चेतना... इस शरीर की चालक।

इस प्रकार अर्जुन उस स्वअनुभव, जिसे शब्दों में बाँधा नहीं जा सकता, विभिन्न शब्दों, उपमाओं का सहारा लेकर उसकी स्तुति कर रहा है।

● मनन प्रश्न :

१. ध्यान के दौरान हुए अनुभवों को अपनी पर्सनल डायरी में लिखें।

२. पुस्तक के परिशिष्ट में दी गई विश्वरूप दर्शन विधि का अनुसरण कर चेतना का अनुभव करने का प्रयास करें।

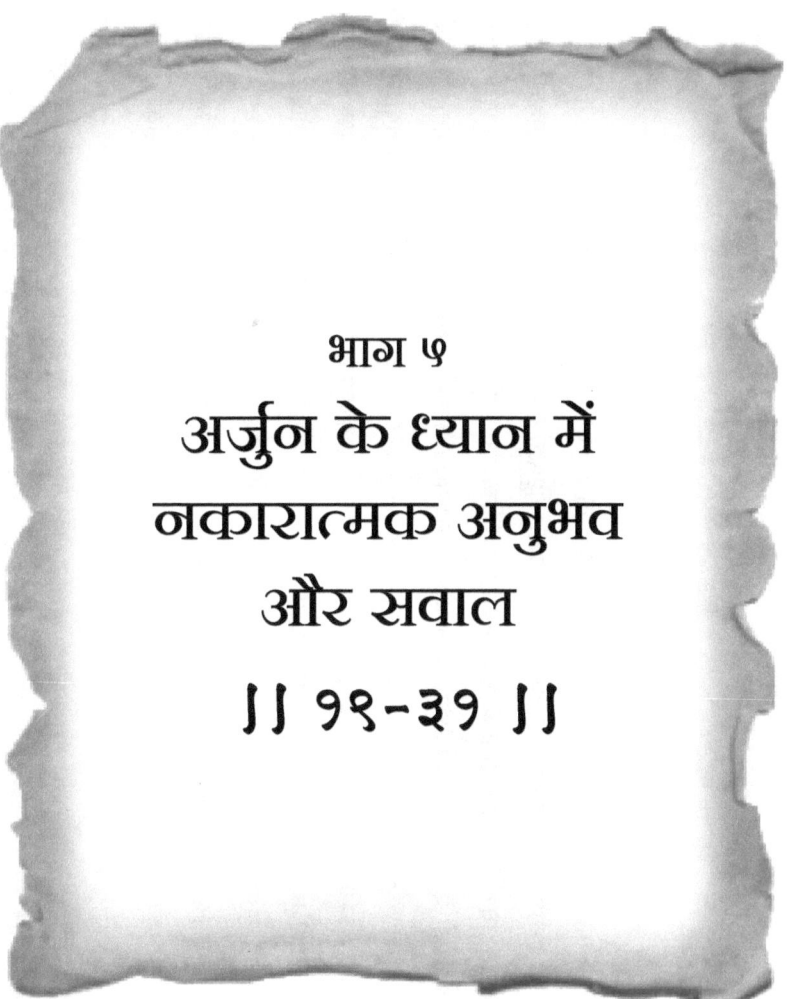

भाग ५

अर्जुन के ध्यान में नकारात्मक अनुभव और सवाल

॥ १९-३१ ॥

अध्याय ११

अनादिमध्यान्तमनन्तवीर्य मनन्तबाहुं शशिसूर्यनेत्रम् । पश्यामि त्वां दीप्तहुताशवक्त्रं स्वतेजसा विश्वमिदं तपन्तम् ।।१९।।

द्यावापृथिव्योरिदमन्तरं हि व्याप्तं त्वयैकेन दिशश्च सर्वाः। दृष्ट्वाद्भुतं रूपमुग्रं तवेदंलोकत्रयं प्रव्यथितं महात्मन् ।।२०।।

अमी हि त्वां सुरसङ्घा विशन्ति केचिद्भीताःप्राञ्जलयो गृणन्ति। स्वस्तीत्युक्त्वा महर्षिसिद्धसङ्घाः स्तुवन्ति त्वां स्तुतिभिः पुष्कलाभिः ।।२१।।

रुद्रादित्या वसवो ये च साध्याविश्वेऽश्विनौ मरुतश्चोष्मपाश्च। गंधर्वयक्षासुरसिद्धसङ्घावीक्षन्ते त्वां विस्मिताश्चैव सर्वे।।२२।।

रूपं महत्ते बहुवक्त्रनेत्रं महाबाहो बहुबाहूरूपादम्। बहूदरं बहुदंष्ट्राकरालं दृष्टवा लोकाः प्रव्यथितास्तथाहम् ।।२३।।

नभःस्पृशं दीप्तमनेकवर्णं व्यात्ताननं दीप्तविशालनेत्रम्। दृष्टवा हि त्वां प्रव्यथितान्तरात्मा धृतिं न विन्दामि शमं च विष्णो।।२४।।

दंष्ट्राकरालानि च ते मुखानि दृष्टैव कालानलसन्निभानि। दिशो न जाने न लभे च शर्म प्रसीद देवेश जगन्निवास ।।२५।।

अमी च त्वां धृतराष्ट्रस्य पुत्राः सर्वे सहैवावनिपालसंघैः । भीष्मो द्रोणः सूतपुत्रस्तथासौ सहास्मदीयैरपि योधमुख्यैः।।२६।।

वक्त्राणि ते त्वरमाणा विशन्ति दंष्ट्राकरालानि भयानकानि। केचिद्विलग्ना दशनान्तरेषु सन्दृश्यन्ते चूर्णितैरुत्तमाङ्गैः।।२७।।

यथा नदीनां बहवोऽम्बुवेगाः समुद्रमेवाभिमुखा द्रवन्ति । तथा तवामी नरलोकवीरा विशन्ति वक्त्राण्यभिविज्वलन्ति ।।२८ ।।

यथा प्रदीप्तं ज्वलनं पतंगाविशन्ति नाशाय समृद्धवेगाः । तथैव नाशाय विशन्ति लोकास्तवापि वक्त्राणि समृद्धवेगाः।।२९ ।।

लेलिह्यसे ग्रसमानः समन्ता ल्लोकान्समग्रान्वदनैर्ज्वलद्भिः । तेजोभिरापूर्य जगत्समग्रं भासस्तवोग्राः प्रतपन्ति विष्णो।।३०।।

आख्याहि मे को भवानुग्ररूपोनमोऽस्तु ते देववर प्रसीद । विज्ञातुमिच्छामि भवन्तमाद्यंन हि प्रजानामि तव प्रवृत्तिम् ।।३१।।

19-20

श्लोक अनुवाद : हे परमेश्वरा! मैं– आपको आदि, अंत और मध्य से रहित, अनन्त सामर्थ्य से युक्त, अनन्त भुजावाले, चन्द्र, सूर्यरूप नेत्रोंवाले, प्रज्वलित अग्निरूप मुखवाले (और) अपने तेज से इस जगत् को संतप्त करते हुए देखता हूँ।।१९।।

और– हे महात्मन्! यह स्वर्ग और पृथ्वी के बीच का संपूर्ण आकाश तथा सब दिशाएँ एक आपसे ही परिपूर्ण हैं; (तथा) आपके इस अलौकिक और भयंकर रूप को देखकर तीनों लोक अति व्यथा को प्राप्त हो रहे हैं।।२०।।

गीतार्थ : अर्जुन उस चेतना की उपस्थिति हर जगह, हर कण, हर जीव और जड़ में अनुभव कर रहा है। अपने इस अनुभव को व्यक्त करने के लिए उसके पास शब्द और उपमाएँ कम पड़ रही हैं। कभी वह उस चेतना की विराटता को ऐसे रूप में व्यक्त करता है, जिसकी अनंत भुजाएँ हैं, सूर्य और चंद्रमा के समान बड़ी-बड़ी आँखें हैं, अग्निरूप का मुख है और कभी वह उसे संपूर्ण आकाश और दिशाओं से परिपूर्ण बता रहा है।

ऐसा असाधारण अनुभव जो साधारण इंद्रियों की पकड़ में न आए, वह यदि किसी को अनायास ही मिल जाए तो उसका व्यथित या भयभीत होना स्वाभाविक है। मान लीजिए, एक थका हारा इंसान यूँ ही थोड़ी देर सुस्ताने बैठा है और बिना किसी प्रयास के अचानक से उसके शरीर का एहसास गायब हो जाए, वह खुद को शरीर से पार महसूस करे, हवा की तरह हलका महसूस करे तो उसकी क्या हालत होगी ? उसे तो लगेगा कि वह शायद मर गया, वह बहुत भयभीत हो जाएगा। बिना पात्रता और पूर्ण तैयारी के इंसान स्वअनुभव जैसे अमूल्य रत्न को न पहचान पाते हैं और न ही सँभाल पाते हैं।

अतः अर्जुन श्रीकृष्ण से कह रहा है कि 'आपका यह जो विराट रूप है, तीनों लोकों के जीव यदि इसे देख लें तो निश्चय ही भय और व्यथा को प्राप्त होंगे। क्योंकि वे इस अनुभव को समझ नहीं पाएँगे।' वास्तव में अर्जुन की यह अनुभूति शब्दों के दायरे से परे की चीज़ है।

अध्याय ११ : २१-२२

21-22

श्लोक अनुवाद : और हे गोविन्द!– वे ही देवताओं के समूह आपमें प्रवेश करते हैं (और) कुछ भयभीत होकर हाथ जोड़े (आपके नाम और गुणों का) उच्चारण करते हैं (तथा) महर्षि और सिद्धों के समुदाय 'कल्याण हो' ऐसा कहकर उत्तम-उत्तम स्तोत्रों द्वारा आपकी स्तुति करते हैं।।२१।।

और हे परमेश्वर!– जो ग्यारह रुद्र और बारह आदित्य तथा आठ वसु, साध्यगण, विश्वेदेव, अश्विनीकुमार तथा मरुद्गण और पितरों का समुदाय तथा गंधर्व, यक्ष, राक्षस और सिद्धों के समुदाय हैं– वे सब ही विस्मित होकर आपको देखते हैं।।२२।।

गीतार्थ : जिस तरह एक सर्कस में बड़े से टैंट के अंदर सर्कस के सारे खेल चल रहे हैं समझिए, इसी तरह चेतना के भीतर ही संपूर्ण सृष्टि चक्र, संपूर्ण लीला चल रही है। जीव का जन्म, जीवन और मृत्यु की घटना सृष्टिचक्र का हिस्सा है और ये सब चेतना के भीतर ही घटित हो रहा है। अर्जुन इस बात को अपने शब्दों में कुछ अलग प्रकार से चित्रित कर रहा है। जब वह कहता है कि 'देवता गण चेतना के भीतर प्रवेश कर रहे हैं' तो इस बात का तात्पर्य यह है कि देवता यानी दिव्यता और शुद्धता को प्राप्त हुए जीव चेतना की अनुभूति कर रहे हैं।

'कुछ जीव भयभीत होकर हाथ जोड़े आपके (ईश्वर के) नाम और गुणों का उच्चारण करते हैं।' इस पंक्ति का अर्थ है कि जिन जीवों में अभी अपने शरीर के लिए आसक्ति है, जो माया के वशीभूत इस संसार को सत्य मान रहे हैं, वे इसके छूटने के भय से निश्चय ही भयभीत और असुरक्षित रहते हैं, जिस कारण वे अपनी सुरक्षा की चाह में ईश्वर की स्तुति कर उसे प्रसन्न रखने की कोशिश करते हैं। इनके अतिरिक्त कुछ महर्षि और सिद्ध लोग दूसरों के प्रति 'कल्याण हो' के निःस्वार्थ भाव रखकर उत्तम स्तोत्रों द्वारा आपकी (ईश्वर की) स्तुति करते हैं। ये अलग-अलग प्रकार के भक्त और भक्ति के आयोजन, सभी उसी एक चेतना की लीला का ही हिस्सा हैं।

अध्याय ११ : २३-२४

इस सृष्टि में अनेक सूक्ष्म और स्थूल जगत् हैं। सभी पर अलग-अलग चेतना के स्तरवाले जीव निवास करते हैं। जैसे ग्यारह रुद्र और बारह आदित्य, आठ वसु, अश्विनीकुमार, मरुद्गण, पितरों का समुदाय, गंधर्व, यक्ष, राक्षस और सिद्धों के जो भी समुदाय हैं- वे सब भी इसी परमचेतना के भीतर हैं। पूरी लीला उसी एक लीलाधारी के भीतर चल रही है और वही भिन्न रूप हुआ उस लीला को खेल रहा है।

यहाँ यह समझनेवाली बात है कि अर्जुन जिस काल में था और उस काल में उसे जो जानकारी थी कि सृष्टि में ग्यारह रुद्र और बारह आदित्य, आठ वसु, अश्विनीकुमार, मरुद्गण, पितरों का समुदाय, गंधर्व, यक्ष, राक्षस आदि हैं तो वह उसी के आधार पर अपना अनुभव बयान कर रहा है कि ये सब उसी चेतना के अधीन हैं। यदि कोई आज का इंसान इस अनुभव का वर्णन करे तो वह अपनी जानकारी के आधार पर इस समय के विभिन्न जीव-जन्तुओं, जातियों का नाम लेगा कि उसे हिंदु, मुस्लिम, सिख, ईसाई, बौध, यूरोपियन, ऐशियन, अमेरिकन, अफ्रीकन आदि जो भी हैं, वे सभी इसी एक चैतन्य का हिस्सा नज़र आ रहे हैं। इसीलिए कहा जा रहा है कि शब्दों पर न जाएँ, उनके पीछे के अर्थ को पकड़ने का प्रयास करें।

23-24

श्लोक अनुवाद : और- हे महाबाहो! आपके बहुत मुख और नेत्रोंवाले, बहुत हाथ, जंघा और पैरोंवाले, बहुत उदरोंवाले (और) बहुत-सी दाढ़ों के कारण अत्यन्त विकराल महान रूप को देखकर सब लोग व्याकुल हो रहे हैं तथा मैं भी (व्याकुल हो रहा हूँ)।।२३।।

क्योंकि हे विष्णो! आकाश को स्पर्श करनेवाले, देदीप्यमान, अनेक वर्णों से युक्त (तथा) फैलाए हुए मुख (और) प्रकाशमान विशाल नेत्रों से युक्त आपको देखकर भयभीत अन्तःकरणवाला (मैं) धीरज और शांति नहीं पाता हूँ।।२४।।

गीतार्थ : इस समय अर्जुन को ईश्वर दर्शन या कहिए स्वअनुभव हुआ है, जो कोई साधारण अनुभव नहीं है। अब उस अनुभव की विशिष्टता, उसकी इंद्रियों से परे की अनुभूति को दूसरे लोगों को कैसे समझाया जाए? उस असीमित निराकार चेतना की विराटता को शब्दों में कैसे लाया जाए? यह संभव नहीं है फिर भी अर्जुन उसे बहुत मुख और नेत्रोंवाला, बहुत हाथ, जंघा और पैरोंवाला, बहुत उदरोंवाला और बहुत सी दाढ़ीवाला अत्यंत विकराल महान रूप बताकर, चेतना की विराटता को चित्रांकित करने का प्रयास कर रहा है।

आगे अर्जुन इस विराट रूप दर्शन से स्वयं और बाकी लोगों के भयभीत और व्याकुल होने की बात कह रहा है। दरअसल इस समय अर्जुन एक ऐसे खोजी की स्थिति को बयान कर रहा है, जिसे ईश्वर कृपा से स्वअनुभव (आत्मसाक्षात्कार, सेल्फ रियलाइजेशन) तो हुआ है मगर उसे सँभालने की पूरी तैयारी न होने के कारण वह घबरा भी गया है।

ऐसी ही स्थिति रामायण में कौशल्या की भी हुई थी, जब श्रीराम ने उन्हें अपने दिव्य रूप के दर्शन दिए थे और वह घबरा गई थी एवं उनसे वापस बालरूप में आने की प्रार्थना करने लगी थी। स्वअनुभव का प्रथम परिचय पाने पर ठीक ऐसी ही व्याकुलता माता यशोदा को भी हुई थी, जब उन्होंने श्रीकृष्ण के मुख में पूरा ब्रह्मांड समाया हुआ देखा था।

मान लीजिए, एक खोजी ध्यान में बैठा है और उसे पहली बार शरीर के लुप्त होने का एहसास होता है या शरीर में ज़ोरदार तरंग उठती है तो उसकी क्या दशा होगी? वह निश्चय ही घबरा जाएगा। उसे लगेगा कि उसके साथ कहीं कोई अनहोनी तो नहीं हो रही... पता नहीं वह जीवित भी बचेगा या नहीं...। अर्जुन का भी यह प्रथम अनुभव है। वह भी इस समय कुछ ऐसी ही दशा से गुज़र रहा है, जहाँ उसे कुछ समझ नहीं आ रहा था कि उसके साथ क्या घटित हो रहा है।

अर्जुन हो, माता कौशल्या हो या माता यशोदा, इन सबकी कहानियों

के पीछे छिपा संदेश यही है कि बिना पूरी तैयारी के खोजी किसी बड़े अलौकिक अनुभव को अनायास ही प्राप्त कर घबरा जाता है। सत्य प्राप्ति की यात्रा में बहुत से खोजी स्वअनुभव तक पहुँचते हैं मगर पूरी तैयारी और पात्रता न होने के कारण उस अवस्था में स्थापित नहीं रह पाते। अगर अर्जुन इस अनुभव पर स्थापित रह पाता तो गीता यहीं समाप्त हो जाती क्योंकि वह यहीं आत्मयोग धारण कर, अपना धनुष उठा लेता मगर अभी उसके और पाठ बाकी थे। अभी भी उसे बहुत कुछ समझना बाकी था।

इसीलिए सत्य की यात्रा में श्रीकृष्ण जैसे सद्गुरु का होना अति आवश्यक है। जो खोजी की पात्रता इस तरह से बढ़ाते हैं कि वह स्वअनुभव होने पर उसमें स्थापित भी रह सके। अन्यथा इंसान इस परम अवस्था को अनुभव करके भी वापस माया में भटक सकता है।

25

श्लोक अनुवाद : हे भगवन्!– दाढ़ों के कारण विकराल और प्रलयकाल की अग्नि के समान प्रज्वलित आपके मुखों को देखकर (मैं) दिशाओं को नहीं जानता हूँ और सुख भी नहीं पाता हूँ। (इसलिए) हे देवेश! हे जगन्निवास! (आप) प्रसन्न हों।।२५।।

गीतार्थ : ऐसी ही अवस्था का वर्णन आपने श्लोक १२ में भी पढ़ा था कि जैसे सर्चलाइट पड़ने पर एक चोर की आँखें चौंधिया जाती हैं और उसे उस प्रकाश के अतिरिक्त बाकी सब दिखना बंद हो जाता है। ऐसी ही हालत अर्जुन की भी हो रही है, जिसका फीडबैक वह श्रीकृष्ण को दे रहा है।

इस समय सब कुछ जानने-समझनेवाली बुद्धि और उस समझ पर अपना लेबल चिपकानेवाला मन पूर्णतः समर्पित है। वह अनुभव में विलीन है इसलिए अर्जुन को उस प्रकाशरूपी अनुभव के सिवाय अन्य किसी चीज़ का बोध नहीं हो पा रहा है। न जगह, न दिशाओं, न समय और न ही अपने शरीर का... इस समय वह हर आयाम के पार है...।

एक इंसान जो सालों से हमेशा अपने मन, बुद्धि और शरीर से ही सोचता, समझता, जानता और महसूस करता चला आ रहा हो। जिसने मात्र अपने इन्हीं पर्सनल टूल्स पर भरोसा किया हो, वह यकायक इनसे परे किसी अन्य तरीके से कुछ विशिष्ट अनुभव करने लगे तो उसकी क्या हालत होगी। उसे सब चीज़ों से अपनी पकड़ छूटती प्रतीत होगी, वह व्याकुल और भ्रमित हो जाएगा। इसीलिए अर्जुन कहता है कि 'इस अवस्था में वह सुख नहीं पा रहा है।' आगे जब वह श्रीकृष्ण से कहता है कि 'आप प्रसन्न हों' तो इसका अर्थ यह है कि वह इस असामान्य अनुभव से घबराकर प्रार्थना कर रहा है कि उसकी वह पूर्व स्थिति बनी रहे, जहाँ वह अपने होशो हवास में था और अपने मन, बुद्धि और शरीर का मालिक था।

26-27

श्लोक अनुवाद : और मैं देखता हूँ कि– वे सभी धृतराष्ट्र के पुत्र राजाओं के समुदाय सहित आपमें प्रवेश कर रहे हैं और भीष्म पितामह, द्रोणाचार्य तथा वह कर्ण (और) हमारे पक्ष के भी प्रधान योद्धाओं के सहित (सब-के-सब)।।२६।।

आपके दाढ़ों के कारण विकराल भयानक मुखों में बड़े वेग से दौड़ते हुए प्रवेश कर रहे हैं (और) कई एक चूर्ण हुए सिरों सहित (आपके) दाँतों के बीच में लगे हुए दिख रहे हैं।।२७।।

गीतार्थ : सृष्टि में सभी कुछ उस एक चेतना से ही प्रकट होता है और उसी में विलीन हो जाता है। निराकार चेतना से साकार अस्तित्त्व धारण कर लेने और वापस निराकार होकर चेतना में ही विलीन होने के मध्य जीव की यात्रा बहुत लंबी होती है, जिसे हम अपने समय के मापदंडों में नहीं नाप सकते। जैसा कि गीता के अध्याय दो में भी आया है कि एक जीव की जीवन यात्रा स्थूल (सदेह जीवन) और सूक्ष्म जगत् के विभिन्न स्तरों के मध्य निरंतर चलती रहती है। अपने विचारों, कर्मों और इच्छाओं के आधार पर उसका एक स्तर से दूसरे स्तर पर स्थानांतरण या कहिए अवस्था परिवर्तन होते रहता है।

अध्याय ११ : २८-२९

हमारे जैसे स्थूल शरीरवाले जीवों के सामने जब कोई जीव शरीर छोड़कर सूक्ष्म शरीर के साथ सूक्ष्म जगत् में जाता है तो वह हमें दिखना बंद हो जाता है। हमें लगता है कि वह मर गया, उसका जीवन समाप्त हो गया मगर ऐसा नहीं होता, उसका जीवन आगे चल रहा होता है, बस उसका स्थूल आवरण, यह शरीर छूट जाता है। स्थूल संसार में किसी की देह छूटने पर लोग कहते हैं- 'फलाँ इंसान भगवान के पास चला गया, उसे यमराज (मृत्यु के देवता) ले गया, भगवान ने उसे अपने पास बुला लिया।' अब यदि इस घटना को प्रतीकात्मक रूप से दिखाया जाए तो कुछ इसी प्रकार का दृश्य बनेगा कि एक बहुत विशाल, विकराल, भयंकर रूपवाला महामानव है। मृत्यु के बाद लोग उसकी ओर उड़े चले जा रहे हैं या वह उन्हें पकड़-पकड़कर अपने मुख में डालकर खा रहा है।

अर्जुन भी प्रस्तुत श्लोकों में शरीर की मृत्यु का कुछ ऐसा ही वर्णन कर रहा है कि धृतराष्ट्र के पुत्र, युद्ध में उपस्थित राजा, भीष्म पितामह, द्रोणाचार्य, कर्ण एवं अन्य सभी योद्धा ईश्वर के विकराल भयानक मुखों में बड़े वेग से दौड़ते हुए प्रवेश कर रहे हैं।

28-29

श्लोक अनुवाद : अथवा- जैसे पतंग (मोहवश) नष्ट होने के लिए प्रज्वलित अग्नि में अतिवेग से दौड़ते हुए प्रवेश करते हैं, वैसे ही (ये) सब लोग भी अपने नाश के लिए आपके मुखों में अतिवेग से दौड़ते हुए प्रवेश कर रहे हैं।।२८।।

(स्वाभाविक ही) समुद्र के ही सम्मुख दौड़ते हैं अर्थात समुद्र में प्रवेश करते हैं, वैसे ही वे नरलोक के वीर (भी) आपके प्रज्वलित मुखों में प्रवेश कर रहे हैं।।२९।।

गीतार्थ : चेतना से निकलकर अलग प्रतीत होता हुआ प्रत्येक अस्तित्त्व अपनी यात्रा पूरी कर, वापस चेतना के उदर में ही समा जाता है। इस सत्य के अनुभव को शब्द देते हुए अर्जुन आगे कह रहा है कि 'जैसे एक पतंगा

तेज़ी से अग्नि की लौ की ओर बढ़ता हुआ उसमें समाकर विलीन हो जाता है और जैसे नदियाँ समुद्र की ओर निरंतरता से बढ़ती हुई उसमें समा जाती हैं, वैसे ही समस्त जीव और समस्त सृष्टि आपसे ही निकलकर आपमें ही विलीन हो रही हैं।

यह दृष्टि खोजी को स्वअनुभव में ही प्राप्त होती है। जब वह उस चेतना की विराटता को देखता हुआ अनुभव से जानता है कि जो कुछ है, वही एक चेतना है। हर जड़-जीव, स्थूल-सूक्ष्म रूप उसी का है। उससे अलग कोई अस्तित्त्व है ही नहीं। सब उसी से प्रकट हो रहा है और उसी में समा रहा है।

इसी प्रकार हमारे भीतर जो विचार, इच्छाएँ आदि प्रकट होते हैं, वे भी हमारे भीतर के स्रोत (तेजस्थान, सेल्फ का कॉंटेक्ट पॉईंट) से निकलकर वापस उसी में विलीन हो जाते हैं। अच्छा-बुरा, पॉजिटिव-निगेटिव (सकारात्मक-नकारात्मक) सब उसी से निकल रहा है और उसी में समा रहा है।

30-31

श्लोक अनुवाद : और आप उन- सम्पूर्ण लोकों को प्रज्वलित मुखों द्वारा ग्रास करते हुए सब ओर से बार-बार चाट रहे हैं। हे विष्णो! आपका उग्र प्रकाश सम्पूर्ण जगत् को तेज के द्वारा परिपूर्ण करके तपा रहा है।।३०।।

हे भगवन्! कृपा करके- मुझे बतलाइए (कि) आप उग्र रूपवाले कौन हैं? हे देवों में श्रेष्ठ! आपको नमस्कार हो। (आप) प्रसन्न होइए। आदि पुरुष आपको (मैं) विशेष रूप से जानना चाहता हूँ; क्योंकि (मैं) आपकी प्रवृत्ति को नहीं जानता।।३१।।

गीतार्थ : परमचेतना ही संपूर्ण जगत् का अधिष्ठान तत्त्व है। उसी की शक्ति से संपूर्ण जगत् चल रहा है। अर्जुन इसी बात को अलंकारिक भाषा में कह रहा है- 'हे विष्णो (श्रीकृष्ण)! आपका उग्र प्रकाश संपूर्ण जगत् को तेज के द्वारा परिपूर्ण करके तपा रहा है।'

अध्याय ११ : ३०-३१

प्रलयकाल में यानी सृष्टि के विलीन होने के समय में वह चेतना अपनी समस्त स्थूल और सूक्ष्म सृष्टि को अपने भीतर समा लेती है। इसी सत्य को अर्जुन इस प्रकार से कह रहा है– 'आप (श्रीकृष्ण, परमचेतना) संपूर्ण लोकों को प्रज्वलित मुखों द्वारा ग्रास करते (खाते हुए) सब ओर से बार-बार चाट रहे हैं।'

आगे अर्जुन श्रीकृष्ण से प्रार्थना कर रहा है कि वे उसे इस स्वअनुभव की, परमचेतना की अधिक विस्तार से समझ दें ताकि वह संपूर्णता से इस स्वअनुभव में स्थापित हो जाए। क्योंकि स्वअनुभव एक बार होना ही काफी नहीं है। खोजी का लक्ष्य होना चाहिए कि वह उस अनुभव को पाकर सदैव उसी में रहते हुए उसी चेतना से जीवन जीए और संसार में अपनी भूमिका अदा करे, जैसा श्रीकृष्ण और संजय कर रहे हैं।

अध्याय ११ : ३०-३१

● मनन प्रश्न :

१. ध्यान के बारे में अपनी मान्यताओं पर मनन करें। यह भाग पढ़ने से पूर्व क्या आप भी ऐसा सोचते थे कि ध्यान में सिर्फ सकारात्मक और आनंददायी भाव आते हैं?

२. इस भाग में मिली समझ के आधार पर सोचिए, अब आप ध्यान में आनेवाले नकारात्मक अनुभवों को कैसे हैंडल करेंगे।

भाग ६

महाकाल श्रीकृष्ण का खुलकर अपना रहस्य खोलना

|| ३२-३४ ||

अध्याय ११

कालोऽस्मि लोकक्षयकृत्प्रवृद्धोलोकान्समाहर्तुमिह प्रवृत्तः । ऋतेऽपि त्वां न भविष्यन्ति सर्वे येऽवस्थिताः प्रत्यनीकेषु योधाः ।।३२ ।।

तस्मात्त्वमुक्तिष्ठ यशो लभस्व जित्वा शत्रून्भुङ्ष्व राज्यं समृद्धम् । मयैवैते निहताः पूर्वमेव निमित्तमात्रं भव सव्यसाचिन् ।।३३ ।।

द्रोणं च भीष्मं च जयद्रथं च कर्णं तथान्यानपि योधवीरान् । मया हतांस्त्वं जहि मा व्यथिष्ठायुध्यस्व जेतासि रणे सपत्नान ।।३४।।

32

श्लोक अनुवाद : श्री भगवान बोले, हे अर्जुन! मैं लोकों का नाश करनेवाला बढ़ा हुआ महाकाल हूँ। इस समय इन लोकों को नष्ट करने के लिए प्रवृत्त हुआ हूँ। (इसलिए) जो प्रतिपक्षियों की सेना में स्थित योद्धा लोग हैं, वे सब तेरे बिना भी नहीं रहेंगे अर्थात तेरे युद्ध न करने से भी इन सबका नाश हो जाएगा।।३२।।

गीतार्थ : श्रीकृष्ण ने अर्जुन को चेतना की विराटता का अनुभव करवाया या कहें, उसे स्वअनुभव करवाया। इस अवस्था में अर्जुन को बड़े अलौकिक अनुभव हुए। कुछ सुखद और शांति प्रदान करनेवाले तो कुछ विचलित और भयभीत करनेवाले...।

अच्छा-बुरा, सकारात्मक-नकारात्मक जो भी घट रहा है, वह उस चेतना के भीतर ही घट रहा है। यदि जन्म का कारण वही चेतना है तो मृत्यु का कारण भी वही है। सृजन और संहार दोनों उसी के पक्ष हैं। जनक भी वही है, पालनकर्ता भी वही और संहारकर्ता भी वही है। चेतना की संहारक शक्ति को महाकाल के नाम से जाना जाता है। ऐसा काल जिसकी गर्त (दरार) में सब कुछ समा जाए, विलीन हो जाए।

इस श्लोक में श्रीकृष्ण अपने इसी रूप का परिचय अर्जुन को देते हुए कह रहे हैं- 'इस समय मैं युद्ध में होनेवाले महाविनाश और मृत्यु का कारण हूँ। मैं ही महाकाल हूँ। तू लड़े या न लड़े ये सभी तो मृत्यु को प्राप्त होंगे ही।'

कुछ लोग जो श्रीकृष्ण को एक शरीर मानकर देखते हैं और गीता में कही बातों के शब्दों पर जाते हैं, वे ऐसे श्लोकों को समझ नहीं पाते। वे कहेंगे, 'जब इन्हें ही सभी को मारना था तो अर्जुन को तैयार करने की क्या जरूरत थी।' कुछ कहते हैं, 'संहारक शक्ति तो माँ काली हैं, महाकाल तो शिव हैं।'

ऐसे लोग जानते ही नहीं कि माँ काली हों, शिव हों, कृष्ण हों या कोई और... यहाँ किसी शरीर या नाम की बात ही नहीं हो रही है। यहाँ उस परब्रह्म चेतना की बात हो रही है जो सबका कारण है, जिसके भीतर ही सब घटित होता है.. जो अकर्ता होते हुए भी सबका कर्ता है।

जब श्रीकृष्ण कहते हैं कि 'मैं लोकों का नाश करनेवाला बढ़ा हुआ महाकाल हूँ' तो उनके मुख से निकला 'मैं' उस शरीर की नहीं बल्कि चेतना की आवाज़ है क्योंकि उनके शरीर से वही अभिव्यक्त हो रही है।

33-34

श्लोक अनुवाद : अतएव तू उठ! यश प्राप्त कर (और) शत्रुओं को जीतकर धन-धान्य से सम्पन्न राज्य को भोग। ये सब (शूरवीर) पहले ही से मेरे ही द्वारा मारे हुए हैं। हे सव्यसाचिन!* तू तो केवल निमित्तमात्र बन जा।।३३।।

तथा इन- द्रोणाचार्य और भीष्म पितामह तथा जयद्रथ और कर्ण तथा और भी बहुत-से मेरे द्वारा मारे हुए शूरवीर योद्धाओं को तू मार। भय मत कर। (निःसंदेह तू) युद्ध में वैरियों को जीतेगा। (इसलिए) युद्ध कर।।३४।।

गीतार्थ : श्रीकृष्ण अर्जुन से कह रहे हैं कि 'इस समय युद्ध भूमी में जो लीला का पार्ट चल रहा है, वह चलना ही है, तू उसमें भाग ले या न ले। इस समय द्रोणाचार्य, भीष्म पितामह, जयद्रथ, कर्ण और अन्य बहुत से योद्धाओं को शरीर छोड़ना ही है तो वह होगा ही। क्योंकि इन सभी योद्धाओं के विचारों, प्रार्थनाओं और कर्मों से यह विनाशकारी दृश्य तैयार हुआ है। प्रकृति तो स्वचलित ढंग से अपना काम करती है। इस संहार के बाद ही अधर्म का नाश और धर्म की स्थापना होगी। यही अगली सीन है जो इस सीन के बाद ही आएगा।

पृथ्वी पर जैसे बीज बोए जाते हैं, वैसी ही फसल तैयार होती है। युद्ध का यह दृश्य अचानक से न तैयार हुआ है, न ही तेरे चाहने से समाप्त होगा। इसे तैयार करने में जिन-जिनका योगदान है, उन्हें अपने कर्मों के फल तो भुगतने ही पड़ेंगे। अतः तू चाहकर भी इनकी रक्षा नहीं कर सकेगा। तेरा शरीर, नहीं तो किसी अन्य शरीर को माध्यम बनाकर प्रकृति अपना कार्य

*बाएँ हाथ से भी बाण चलाने का अभ्यास होने से अर्जुन का नाम 'सव्यसाची' हुआ था।

सिद्ध करेगी। इसलिए कर्मयोग और आत्मयोग की समझ को हृदय में धारण करके भय को त्यागकर उस चेतना का निमित्त मात्र बन और अपना कर्तव्य कर्म कर। ऐसा करके तू महान योद्धा होने के यश प्राप्त कर और शत्रुओं को जीतकर धन-धान्य से संपन्न राज्य को भोग।'

अध्याय ११ : ३३-३४

● मनन प्रश्न :

१. मनन करें, गीता की समझ मिलने से पूर्व आप श्रीकृष्ण को कैसे देखते थे, एक शरीरधारी अलग महाव्यक्तित्व या यूनिवर्सल चेतना की अभिव्यक्ति? समझ मिलने के बाद अभी कैसे देखते हैं?

२. इस बात पर विचार करें कि अर्जुन या श्रीकृष्ण अब युद्ध रोकने में क्यों समर्थ नहीं हैं? इसके पीछे प्रकृति का कौन सा नियम काम कर रहा है?

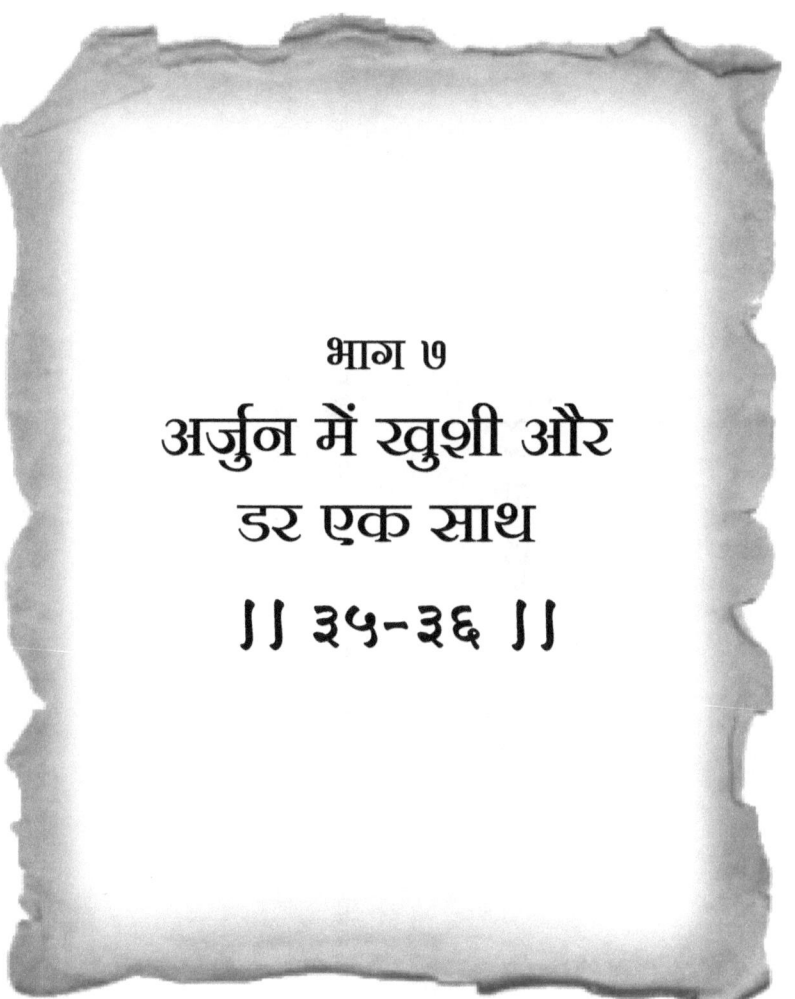

भाग ७
अर्जुन में खुशी और डर एक साथ
॥ ३५-३६ ॥

अध्याय ११

एतच्छ्रुत्वा वचनं केशवस्य कृतांजलिर्वेपमानः किरीटी । नमस्कृत्वा भूय एवाह कृष्णंसगद्गदं भीतभीतः प्रणम्य।।३५ ।।

स्थाने हृषीकेश तव प्रकीर्त्या जगत्प्रहृष्यत्यनुरज्यते च । रक्षांसि भीतानि दिशो द्रवन्ति सर्वे नमस्यन्ति च सिद्धसङ्घाः।।३६।।

35

श्लोक अनुवाद : इसके पश्चात् संजय बोले, हे राजन्!– केशव भगवान् के इस वचन को सुनकर किरीटी (मुकुटधारी) अर्जुन हाथ जोड़कर काँपता हुआ नमस्कार करके, फिर भी अत्यन्त भयभीत होकर प्रणाम करके भगवान श्रीकृष्ण के प्रति गद्‌गद वाणी से बोला–।।३५।।

गीतार्थ : संजय अपने वर्णन में इस बार अर्जुन को किरीटी यानी मुकुटधारी कहकर संबोधित कर रहे हैं, जो इस बात का प्रतीक है कि अर्जुन के शीश पर स्वअनुभव का मुकुट सज चुका है। श्लोक में वर्णित अर्जुन के काँपते हाथ इस बात को दर्शा रहे हैं कि इतने कम समय में एक साथ, इतने अलग-अलग अनुभव होने पर अर्जुन कितना गद्‌गद, कितना आल्हादित, कितना कंपित है।

इस बात को हम एक उदाहरण से समझ सकते हैं। मान लीजिए, एक गाँव का साधारण सा इंसान है जो आज तक किसी बड़े झूले पर नहीं बैठा है। यदि उसे एक दिन अचानक से दुनिया के सबसे विशाल और खतरनाक रोलरकोस्टर की राइड करा दी जाए तो जब वह उस राइड से उतरेगा तो उसकी क्या हालत होगी? ऐसी ही कुछ हालत अर्जुन की भी हुई होगी। इस समय वह डर और खुशी को एक साथ महसूस कर रहा है।

अर्जुन भयभीत है क्योंकि उसे ध्यान में सृजन-संहार, सकारात्मक-नकारात्मक सभी तरह के अनुभव हुए। कुछ लोग सोचेंगे कि ध्यान में जाकर सब अच्छा-अच्छा ही मिलेगा। आनंद की फीलिंग आएगी, शांति मिलेगी मगर ऐसा नहीं है। कभी-कभी ध्यान में हमारी सुप्त स्मृति में पड़े विचारों के ऐसे-ऐसे साँप-बिच्छू निकलकर आते हैं कि हमारी हालत खराब हो जाती है।

हमें लगता है कि 'इन दुःखद बातों को हमने दफन कर दिया था, भुला दिया था, फिर आज ये बाहर कैसे आ गए, ध्यान तो शांति पाने के लिए किया था, ये अशांति क्यों बढ़ गई?' तो समझनेवाली बात यह है कि ये कुछ बाहर से नहीं आता, हमारे भीतर से ही आता है।

ध्यान में अंदर जमे कचरे में डंडी भी घूमती है, जिससे कचरा बाहरी सतह पर आता है। उस समय हमें उसे वापस तली में भेजने की नहीं बल्कि बाहर निकाल फेंकने की ज़रूरत होती है। इस तरह ध्यान में हमारे अंतःकरण की सफाई भी होती है। मगर उस समय बड़े-बड़े ज्ञानी-ध्यानी लोग भी घबरा जाते हैं, भयभीत हो जाते हैं। इसीलिए अर्जुन को भी ध्यान में दुःख और संताप हुआ। इन सभी अनुभवों से गुज़रकर वह इस क्षण श्रीकृष्ण के आगे नतमस्तक है और उनकी सराहना करने के लिए, उनसे क्षमा प्रार्थना करने के लिए तत्पर है।

36

श्लोक अनुवाद : अर्जुन बोले- हे अन्तर्यामिन्! यह योग्य ही है (कि) आपके नाम-गुण और प्रभाव के कीर्तन से जगत् अति हर्षित हो रहा है और अनुराग को भी प्राप्त हो रहा है (तथा) भयभीत राक्षस लोग दिशाओं में भाग रहे हैं और सब सिद्धगणों के समुदाय नमस्कार कर रहे हैं।।३६।।

गीतार्थ : जब उस ईश्वर को अनुभव द्वारा जान लिया जाए तो उसके उपरांत क्या कहने-सुनने को बचता है। फिर तो सिर्फ उसकी सराहना ही निकलती है, उसके लिए नमस्कार, धन्यवाद ही निकलते हैं। यही स्थिति स्वअनुभव का अमृतपान किए हुए अर्जुन की भी है। वह श्रीकृष्ण के आगे हाथ जोड़कर खड़ा उनकी स्तुति कर रहा है। यह और अगले कुछ श्लोक अर्जुन के भाव से निकले भजन ही हैं, जो वह श्रीकृष्ण के प्रति व्यक्त कर रहा है।

सराहना करते हुए वह कहता है कि 'हे ईश्वर, आपके नाम-गुण और प्रभाव के कीर्तन से यह संपूर्ण जगत् अति हर्षित हो रहा है और प्रेम को भी प्राप्त हो रहा है तथा भयभीत राक्षस लोग दूसरी दिशाओं में भाग रहे हैं।' दरअसल जब किसी भक्त के भीतर सत्य प्रकट होता है तो उसकी आंतरिक अवस्था प्रेम, आनंद, मौन से भरी होती है। उस अवस्था से उसे यह पूरा

अध्याय ११ : ३६

जगत् भी उसी अवस्था में व्याप्त नज़र आता है क्योंकि उसे हर जगह उसी चेतना के दर्शन होते हैं। उसके जीवन से नकारात्मक विचार और विकार रूपी राक्षस दूर भाग जाते हैं। अर्जुन अपनी स्तुति में इसी सत्य का वर्णन कर रहा है।

अध्याय ११ : ३६

● मनन प्रश्न :

१. ध्यान में बाहर आई नकारात्मक फीलिंग से कैसे छुटकारा पाया जा सकता है?

२. क्या अर्जुन की तरह आपके साथ कभी ऐसा हुआ कि ध्यान में खुशी और डर की फीलिंग एक साथ आई हो?

भाग ८
अर्जुन द्वारा श्रीकृष्ण की सराहना और क्षमा याचना
|| ३७-४६ ||

अध्याय ११

कस्माच्च ते न नमेरन्महात्मन् गरीयसे ब्रह्मणोऽप्यादिकर्त्रे। अनन्त देवेश जगन्निवास त्वमक्षरं सदसत्तत्परं यत्॥३७॥

त्वमादिदेव: पुरुष: पुराणस्त्वमस्य विश्वस्य परं निधानम्। वेत्तासि वेद्यं च परं च धाम त्वया ततं विश्वमनन्तरूप॥३८॥

वायुर्यमोऽग्निर्वरुण: शशाङ्क: प्रजापतिस्त्वं प्रपितामहश्च। नमो नमस्तेऽस्तु सहस्रकृत्व: पुनश्च भूयोऽपि नमो नमस्ते॥३९॥

नम: पुरस्तादथ पृष्ठतस्ते नमोऽस्तु ते सर्वत एव सर्व। अनन्तवीर्यामितविक्रमस्त्वं सर्वं समाप्नोषि ततोऽसि सर्व:॥४०॥

सखेति मत्वा प्रसभं यदुक्तं हे कृष्ण हे यादव हे सखेति। अजानता महिमानं तवेदं मया प्रमादात्प्रणयेन वापि॥४१॥

यच्चावहासार्थमसत्कृतोऽसि विहारशय्यासनभोजनेषु। एकोऽथवाप्यच्युत तत्समक्षं तत्क्षामये त्वामहमप्रमेयम्॥४२॥

पितासि लोकस्य चराचरस्य त्वमस्य पूज्यश्च गुरुर्गरीयान्। न त्वत्समोऽस्त्यभ्यधिक: कुतोऽन्यो लोकत्रयेऽप्यप्रतिमप्रभाव॥४३॥

तस्मात्प्रणम्य प्रणिधाय कायं प्रसादये त्वामहमीशमीड्यम्। पितेव पुत्रस्य सखेव सख्यु: प्रिय: प्रियायार्हसि देव सोढुम्॥४४॥

अदृष्टपूर्वं हृषितोऽस्मि दृष्ट्वा भयेन च प्रव्यथितं मनो मे। तदेव मे दर्शय देवरूपं प्रसीद देवेश जगन्निवास॥४५॥

किरीटिनं गदिनं चक्रहस्तमिच्छामि त्वां द्रष्टुमहं तथैव। तेनैव रूपेण चतुर्भुजेन सहस्रबाहो भव विश्वमूर्ते॥४६॥

37-38

श्लोक अनुवाद : हे महात्मन! ब्रह्मा के भी आदिकर्ता और सबसे बड़े आपके लिए (ये) कैसे नमस्कार न करें (क्योंकि) हे अनन्त! हे देवेश! हे जगन्निवास! जो सत् असत् (और) उनसे परे अक्षर अर्थात् सच्चिदानन्दघन ब्रह्म है, वह आप (ही हैं) ।।३७।।

हे प्रभो!– आप आदिदेव (और) सनातन पुरुष हैं, आप इन जगत् के परम आश्रय और जाननेवाले तथा जानने योग्य (और) परम धाम हैं। हे अनन्तरूप! आपसे (यह सब) जगत् व्याप्त अर्थात परिपूर्ण है।।३८।।

गीतार्थ : अर्जुन श्रीकृष्ण रूपी चेतना को भिन्न-भिन्न अलौकिक संबोधनों से संबोधित करता हुआ स्तुति कर रहा है। वह उन्हें सब कुछ जाननेवाला (अर्न्तयामी), इस सृष्टि के निर्माता ब्रह्मा से भी बड़ा, सभी देवताओं का राजा (देवेश), संपूर्ण जगत् में निवास करनेवाला (जगन्निवास) सत्-असत् से परे सच्चिदानन्दघन ब्रह्म बताते हुए उन्हें बारम्बार नमस्कार कर रहा है।

अर्जुन श्रीकृष्ण (सेल्फ) से कहता है– 'आप सभी देवताओं से भी पहले विद्यमान देव (आदिदेव) हो और सदैव रहनेवाले सनातन पुरुष हो। जिस प्रकार सारे आभूषण सोने से बनते हैं और यदि उन्हें गलाया जाए तो वापस सोने में ही परिवर्तित हो जाते हैं। ऐसे ही आप इस जगत् के परम आश्रय हो। अर्थात यह जगत् आपसे ही बनता है और आपमें ही विलीन हो जाता है।'

सेल्फ ही वह अनुभव है, जिसे ध्यान में जाना जा रहा है, वही शरीर के भीतर बैठा अनुभवकर्ता भी है। हमारा तेजस्थान (हमारे भीतर सेल्फ का स्रोत, हृदयस्थान) भी वही है। स्वअनुभव में अनुभवकर्ता अनुभव का अनुभव करता है और यह तीनों एक ही है। इसी सत्य को अर्जुन इस प्रकार कह रहा है कि 'आप ही जाननेवाले, जानने योग्य और परमधाम हैं।'

39-40

श्लोक अनुवाद : और हे हरे!– आप वायु, यमराज, अग्नि, वरुण, चन्द्रमा, प्रजा के स्वामी ब्रह्मा और ब्रह्मा के भी पिता हैं। आपके लिए हजारों बार नमस्कार! नमस्कार हो!! आपके लिए फिर भी बार-बार नमस्कार! नमस्कार!!।।३९।।

अध्याय ११ : ४१-४२

और– हे अनन्त सामर्थ्यवाले! आपके लिए आगे से और पीछे से भी नमस्कार! हे सर्वात्मन! आपके लिए सब ओर से ही नमस्कार हो। (क्योंकि) अनन्त पराक्रमशाली आप सब संसार को व्याप्त किए हुए हैं, इससे (आप ही) सर्वरूप हैं।।४०।।

गीतार्थ : संसार में ऐसे अनेक भक्त हुए हैं, जिन्होंने स्वबोध प्राप्त किया और फिर उसकी अपने तरीके से सराहना की। स्वअनुभव में लीन होकर मीरा ने अपने पगों में घूँघरू बाँध लिए और नृत्य अभिव्यक्ति की। उन्होंने भक्ति के हज़ारों पदों की रचना की। कबीर के दोहे, गुरुनानक के पद, संत ज्ञानेश्वर के ग्रंथ, ईश्वर की अलग-अलग शक्तियों को दर्शाती विभिन्न मूर्तियाँ, चित्र, भजन, सूफी गाने आदि सभी उसी अनुभव की सराहना है। अर्जुन अपनी समझ से अपने शब्दों में उस अनुभव, उस चेतना की सराहना कर रहा है। उसे नए-नए संबोधनों से पुकार रहा है। यह सराहना उसकी पर्सनल डायरी है, यह उसका व्यक्तिगत अनुभव है जिसे वह अपने शब्दों में बाँध रहा है।

अर्जुन कहता है, 'आप सभी देवों के देव हैं इसीलिए आप वायु, यमराज, अग्नि, वरुण, चन्द्रमा, प्रजा के स्वामी ब्रह्मा आदि के भी पिता हैं। आपके लिए हज़ारों बार नमस्कार! नमस्कार हो!! आपको हर ओर से, हर दिशा से नमस्कार हो!

अर्जुन श्रीकृष्ण को 'अनंतरूप' भी कह रहा है क्योंकि वह जान गया है कि एक ही चेतना विभिन्न रूपों में अभिव्यक्त हो रही है। पूरा जगत् उसी चेतना से परिपूर्ण है। वही चेतना सर्वरूप धारण किए हुए है। उससे बाहर और कोई नहीं। वह चेतना अनंत पराक्रमशाली है क्योंकि ऐसा कुछ नहीं जो वह न कर सके। अनंत दिव्य गुणों से भरे उस चेतनारूपी श्रीकृष्ण को अर्जुन बारम्बार नमस्कार कर अपने भक्ति भाव प्रकट कर रहा है।'

41-42

श्लोक अनुवाद : हे परमेश्वर!– आपके इस प्रभाव को न जानते हुए आप

मेरे सखा हैं, ऐसा मानकर प्रेम से अथवा प्रमाद से भी मैंने 'हे कृष्ण!', 'हे यादव!' 'हे सखे!' इस प्रकार जो।।४१।।

कुछ बिना सोचे-समझे हठात् कहा है और हे अच्युत! आप जो मेरे द्वारा विनोद के लिए विहार, शय्या, आसन और भोजनादि में अकेले अथवा उन सखाओं के सामने भी अपमानित किए गए हैं- वह सब अपराध अप्रमेय स्वरूप अर्थात अचिन्त्य प्रभाववाले आपसे मैं क्षमा करवाता हूँ।।४२।।

गीतार्थ : एक बेरोजगार इंसान था अनुज, जो बहुत दिनों से नौकरी की तलाश में था। एक दिन उसे सुदूर हिलस्टेशन पर बने एक बंगले की देख-रेख का काम मिला। बंगला खाली था। वहाँ सिर्फ एक अन्य कर्मचारी किशन रहा करता था जो पर्यटकों को वह बंगला किराए पर दिया करता था।

अनुज बंगले पर चला गया और नौकरी आरंभ कर दी। किशन से उसकी अच्छी मित्रता हो गई। दोनों अकेले थे अतः एक-दूसरे का सहारा बन गए। वे मिल-बाँटकर खाना बनाते, साथ खाते और एक-दूसरे के दुःख-दर्द में काम आते। अनुज किसन से इतना खुल गया था कि उससे घनिष्ठ मित्रों जैसे तू-तड़ाक करके बात करता, कभी उसका मज़ाक उड़ाता, कभी उस पर प्रॅक्टिकल जोक मारता तो कभी बात करते-करते उसकी कमर पर धौल भी जमा देता।

एक दिन अनुज किसन से बोला, 'इस बंगले के मालिक की भी बड़ी ऐश है, इतना बड़ा बंगला है जो खाली पड़ा है, वह कहीं और किसी दूसरे बंगले में आराम से रहता है। हम गरीबों के लिए सिर पर एक छोटी सी छत का इंतजाम करना भी कितना मुश्किल होता है।' इस पर किसन बोला, 'दूर के ढोल हमेशा सुहावने लगते हैं, तुम्हें क्या पता इस बंगले का मालिक कितनी परेशानियों और अकेलेपन से जूझ रहा है।' अनुज बोला- 'अच्छा तुम्हें बड़ा पता है उसका...।' किशन बोला, 'हाँ मुझे पता है क्योंकि मैं ही इस बंगले का मालिक हूँ।'

अब ज़रा सोचिए, यह सच जानकर अनुज की क्या हालत हुई होगी।

वह जिसका नौकर है उसी के साथ कैसा व्यवहार करता रहा... उसने कितनी बार उसके सामने उसे (मालिक को) ही बुरा-भला कहा कि हमारी पगार नहीं बढ़ाता... हमारा ध्यान नहीं रखता... कभी मिलने भी नहीं आता... आदि। यह सब सोचकर अनुज बेहद घबरा गया और अपने व्यवहार पर शर्मिंदा होकर किसन से बार-बार माफी माँगने लगा।

प्रस्तुत श्लोकों में बस यही हाल अर्जुन का हो रहा है। किसन तो फिर भी सामान्य व्यक्ति था मगर श्रीकृष्ण, वे तो साक्षात् परमचैतन्य हैं। इस समस्त सृष्टि के कर्ता-धर्ता और स्वामी...और अर्जुन ने उन्हें मात्र एक शरीर समझकर व्यवहार किया, उन्हें अपना मित्र, अपना रिश्तेदार समझा। वह उनकी चेतना की उच्च अवस्था को नहीं जान पाया और अपने इसी अपराध के लिए वह श्रीकृष्ण से बारम्बार क्षमा प्रार्थना कर रहा है।

अर्जुन कहता है- 'मैंने सदैव आपको अपना मित्र समझकर ही व्यवहार किया, मैं कभी आपके असली प्रभाव को नहीं जान पाया। इस कारण न जाने कितनी बार मैंने आपके समक्ष असभ्यता से व्यवहार किया होगा, बिना सोचे-समझे कुछ बोल दिया होगा, मज़ाक किया होगा। धूमते (विहार करते) हुए, सोते हुए (शय्या), उठते-बैठते (आसन) या भोजन करते समय भी न जाने कैसा व्यवहार किया होगा। अकेले अथवा बाकी मित्रों के सामने हो सकता है आपको कभी अपमानित भी कर दिया हो। अपने इन सभी अक्षम्य अपराधों के लिऐ मैं आपसे बारम्बार क्षमा माँगता हूँ। कृपया मुझे क्षमा करें।'

43-44

श्लोक अनुवाद : हे विश्वेश्वर!- आप इस चराचर जगत् के पिता और सबसे बड़े गुरु एवं अति पूजनीय हैं, हे अनुपम प्रभाववाले! तीनों लोकों में आपके समान भी दूसरा कोई नहीं हैं, फिर अधिक तो कैसे हो सकता है?।।४३।।

अतएव हे प्रभो! मैं शरीर को भली-भाँति चरणों में निवेदित कर, प्रणाम

अध्याय ११ : ४३-४४

करके, स्तुति करने योग्य आप ईश्वर को प्रसन्न होने के लिए प्रार्थना करता हूँ। हे देव! पिता जैसे पुत्र के, सखा जैसे सखा के और पति जैसे प्रियतमा पत्नी के अपराध सहन करते हैं, वैसे ही आप भी मेरे अपराध को सहन करने योग्य हैं।।४४।।

गीतार्थ : इन श्लोकों में भी अर्जुन की क्षमा प्रार्थना जारी है। वह श्रीकृष्ण की स्तुति, उनकी सराहना में रमा हुआ है। अर्जुन कहता है- 'हे प्रभो, इस संपूर्ण जगत् के पिता आप संसार के सबसे बड़े गुरु एवं अति पूजनीय हैं। तीनों लोकों में आपके समान और कोई नहीं है।'

यदि इस बात पर मनन करें तो वाकई संसार में एक ही गुरु तत्त्व है और वह है चेतना (सेल्फ)। देखने में तो लगेगा कि संसार में अनेक गुरु हैं जो अपने- अपने तरीके से लोगों को ज्ञान दे रहे हैं। लेकिन वे मात्र शरीर हैं उनके अंदर से एक ही चेतना ज्ञान देने का कार्य कर रही है। वह अलग-अलग शरीरों को अपना माध्यम बना रही है। अर्जुन इस समय भी श्रीकृष्ण के शरीर के आगे नहीं बल्कि उनके भीतर की गुरु चेतना के आगे नतमस्तक है।

अर्जुन आगे उस चेतना से विनती करता है कि 'पिता जैसे पुत्र के, मित्र जैसे मित्र के और पति जैसे अपनी प्रिय पत्नी के अपराधों को क्षमा करते हैं, वैसे ही आप भी मेरे अपराधों को क्षमा करें।

अर्जुन जान चुका है कि श्रीकृष्ण वास्तव में कौन हैं इसलिए वह इतना ग्लानि में है। क्योंकि उसे लगता है कि उसने जाने-अनजाने में उस परमचेतना के साथ कभी न कभी अभद्रता अवश्य की होगी।

एक स्वअनुभवी इंसान को प्रत्येक जीव में उसी चेतना के दर्शन होते हैं। उसके शरीर से यदि किसी के प्रति कुछ अपराध होता है तो वास्तव में वह उस चेतना के प्रति ही होता है। इससे आप अंदाज़ा लगा सकते हैं कि उसकी सोच, उसका रहन-सहन, व्यवहार आदि किस हद तक परिवर्तित हो जाता होगा। वह कभी भूल से भी किसी के प्रति कुछ बुरा नहीं कर सकता और न ही सोच सकता है।

हमें भी गीता के माध्यम से यह उच्चतम ज्ञान मिल रहा है कि संसार का हर जीव मूलतः वही एक चेतना है, जिसे हम ईश्वर, अल्लाह कहते हैं। यदि हमने कभी किसी के प्रति कुछ गलत किया है या सोचा है तो हम वास्तव में किसी व्यक्ति के नहीं बल्कि उस चेतना के अपराधी हैं। यदि हम कभी किसी का बुरा चाहते हैं तो वास्तव में हम अपना ही बुरा करते हैं। किसी को दी गई दुआ या बददुआ, आशीर्वाद या श्राप वापस हमारे पास ही घूम-फिरकर आते हैं। अतः हमें अपने भाव, विचार, वाणी और क्रिया से कर्म करते हुए बहुत सजग रहना चाहिए।

इस समझ को अपनाते हुए आाइए, यदि जाने-अनजाने में हमसे चेतना के किसी भी रूप के प्रति भाव, विचार, वाणी और क्रिया से कोई अपराध हुआ हो तो हम उनसे क्षमा प्रार्थना कर लें। जिनसे हम सीधे क्षमा माँग सकते हैं उनसे सीधे माँग लें। यदि सीधे क्षमा माँगने में सहज नहीं हैं तो उनसे मन ही मन क्षमा प्रार्थना कर सकते हैं।

'मैं............................ को साक्षी रखकर आपसे क्षमा माँगता हूँ। मैंने आपको अपने भाव, विचार, वाणी या क्रिया से जो भी दुःख पहुँचाया है, उसके लिए कृपया मुझे क्षमा करें। मैंने आपको शरीर समझकर व्यवहार किया, आपके अंदर की परमचेतना (सेल्फ) को नहीं देखा, इसके लिए भी मैं क्षमा प्रार्थी हूँ। मैं आगे से ध्यान रखूँगा कि मुझसे ऐसी गलती दोबारा न हो।'

(यहाँ साक्षी के रूप में आप गुरु, ईश्वर या ऐसे किसी भी आदरणीय इंसान को ले सकते हैं, जिसके सामने होने पर आप स्वयं को ज़्यादा ज़िम्मेदार और सजग महसूस करते हैं।)

45-46

श्लोक अनुवाद : और हे विष्णो!- मैं वैसे ही आपको मुकुट धारण किए हुए (तथा) गदा और चक्र हाथ में लिए हुए देखना चाहता हूँ। इसलिए हे

विश्वस्वरूप! हे सहस्रबाहो! आप उसी चतुर्भुज रूप से प्रकट होइए।।४५।।

हे विश्वमूर्ते! मैं–पहले न देखे हुए आपके इस आश्चर्यमय रूप को देखकर हर्षित हो रहा हूँ और मेरा मन भय से अति व्याकुल भी हो रहा है; (इसलिए आप) उस (अपने) चतुर्भुज विष्णु रूप को ही मुझे दिखलाइए। हे देवेश! हे जगन्निवास! प्रसन्न होइए।।४६।।

गीतार्थ : श्रीकृष्ण को विष्णु भगवान का अवतार कहा जाता है। पुराणों में भगवान विष्णु के चतुर्भुज रूप का उल्लेख है। इस रूप में उनकी चार भुजाएँ हैं, जिनमें वे पद्म (कमल का फूल), गदा, सुदर्शन चक्र और पांचजन्य शंख को थामे हैं। उनके माथे पर मुकुट और गले में वैजंतीमाला सुशोभित है। ईश्वर का यह चतुर्भुज रूप शांत-सौम्य, सुखद रूप माना जाता है। इस तरह से यह चेतना के शांत और आनंदित स्वरूप का प्रतीक है।

अर्जुन को ध्यान में हर तरह के अनुभव आए हैं। कुछ सुखद और इंद्रियों से परे का आनंद देनेवाले तो कुछ बेहद डरावने और व्याकुल करनेवाले। उसने चेतना का सकारात्मक पहलू भी अनुभव किया और नकारात्मक भी। जब मन को डरानेवाला अनुभव सामने आया तो वह घबरा गया। उस हाल में वह ईश्वर से प्रार्थना करने लगा कि उसे चेतना के आनंद और शांति देनेवाले अनुभव ही हो। इसीलिए श्लोक में आया है कि वह श्रीकृष्ण से प्रार्थना कर रहा है- 'आपके इस आश्चर्यमय रूप को देखकर हर्षित भी हो रहा हूँ, साथ ही मेरा मन भय से अति व्याकुल भी हो रहा है इसलिए आप अपने चतुर्भुज विष्णु रूप (आनंद देनेवाले अनुभव) को ही मुझे दिखलाइए।'

ध्यान की उच्च अवस्थाओं में हमारे शरीर में अलग-अलग अनुभव आते हैं। जो हमारे शरीर की अवस्थाओं और हमारी स्मृतियों यानी मेमोरीज़् पर भी निर्भर करते हैं। हमारे अंदर पॉजिटिव मेमोरीज़् भी होती हैं और निगेटिव भी। अब कौन से ध्यान में, कब कौन सी ऊपर आएगी यह मालूम नहीं होता है। जब कोई निगेटिव मेमोरी बाहर आती है तो लोग घबरा जाते हैं। अतः अर्जुन भी घबरा गया है। लेकिन ये दोनों चेतना के पक्ष हैं। वह

अध्याय ११ : ४५-४६

पॉजिटिव भी है, निगेटिव भी है और दोनों भी नहीं है क्योंकि चेतना इस द्वैत (दो में बँटा) के पार है। पॉजिटिव और निगेटिव ये मन के लेबल्स हैं। मन सिर्फ पॉजिटिव देखना चाहता है कि ईश्वर ऐसा होना चाहिए और ईश्वर बोलता है, 'मैं पूर्ण हूँ, निगेटिव भी मेरे अंदर है। अर्थात भगवान के साथ शैतान भी मेरे अंदर है।' यह इंसान को स्वीकार नहीं होता। अर्जुन भी अभी वैसी अवस्था में है।

ध्यान में जब कुछ पॉजिटिव आया तो आप कहेंगे, 'ध्यान बहुत अच्छी चीज़ है।' निगेटिव आया तो बोलेंगे, 'आज तो ध्यान अच्छा हुआ ही नहीं।' आगे से जब भी ध्यान में निगेटिव अनुभव आए तो आपको क्या कहना है? 'आज ईश्वर ने अपना दूसरा रूप दिखाया' और जब पॉजिटिव आया तो कहेंगे– 'अलौकिक चतुर्भुज रूप दिखाया' इस तरह से ध्यान करना आपके लिए आसान हो जाएगा। यह ध्यान की बहुमूल्य समझ है। अतः सकारात्मक और नकारात्मक दोनों भी स्वीकार हो।

● **मनन प्रश्न :**

१. इस भाग से श्रीकृष्ण के चतुर्भुज रूप के बारे में आपको क्या समझ मिली?

२. इस भाग में दी गई क्षमा प्रार्थना के साथ मनन करें कि यह क्षमा साधना किस तरह आपके कर्मबंधनों को खोल रही है और आपको मुक्त कर रही है।

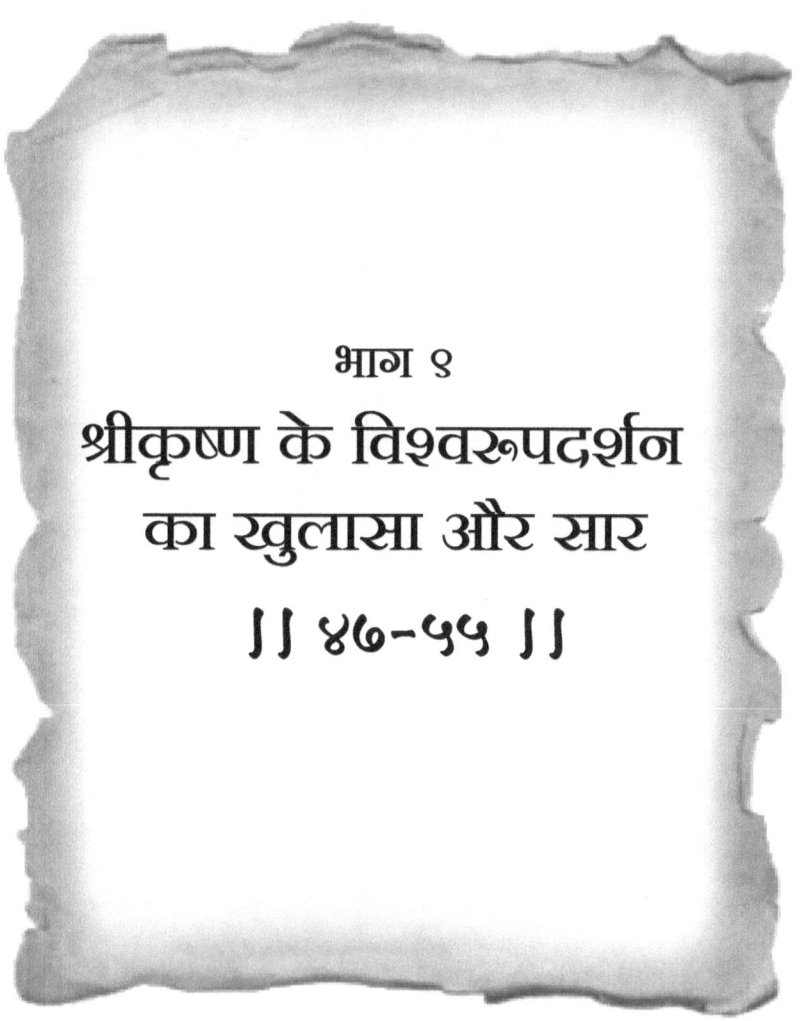

भाग ९
श्रीकृष्ण के विश्वरूपदर्शन का खुलासा और सार
|| ४७-५५ ||

अध्याय ११

मया प्रसन्नेन तवार्जुनेदंरूपं परं दर्शितमात्मयोगात् । तेजोमयं विश्वमनन्तमाद्यं यन्मे त्वदन्येन न दृष्टपूर्वम् ।।४७।।

न वेदयज्ञाध्ययनैर्न दानैर्न च क्रियाभिर्न तपोभिरुग्रैः। एवं रूपः शक्य अहं नृलोके द्रष्टुं त्वदन्येन कुरुप्रवीर।।४८।।

मा ते व्यथा मा च विमूढभावो दृष्ट्वा रूपं घोरमीदृङ्ममेदम्। व्यतेपभीः प्रीतमनाः पुनस्त्वं तदेव मे रूपमिदं प्रपश्य ।।४९ ।।

इत्यर्जुनं वासुदेवस्तथोक्तवा स्वकं रूपं दर्शयामास भूयः । आश्वासयामास च भीतमेनं भूत्वा पुनः सौम्यवपुर्महात्मा।।५० ।।

दृष्ट्वेदं मानुषं रूपं तव सौम्यं जनार्दन। इदानीमस्मि संवृत्तः सचेताः प्रकृतिं गतः।।५१।।

सुदुर्दर्शमिदं रूपं दृष्टवानसि यन्मम। देवा अप्यस्य रूपस्य नित्यं दर्शनकाङ्क्षिणः ।।५२।।

नाहं वेदैर्न तपसा न दानेन न चेज्यया। शक्य एवंविधो द्रष्टुं दृष्टवानसि मां यथा ।।५३।।

भक्त्या त्वनन्यया शक्य अहमेवंविधोऽर्जुन । ज्ञातुं द्रष्टुं च तत्वेन प्रवेष्टुं च परन्तप ।।५४।।

मत्कर्मकृन्मत्परमो मद्भक्तः सङ्गवर्जितः । निर्वैरः सर्वभूतेषु यः स मामेति पाण्डव।।५५।।

47-48

श्लोक अनुवाद : श्री भगवान बोले- हे अर्जुन! अनुग्रहपूर्वक मैंने अपनी योगशक्ति के प्रभाव से यह मेरा परम तेजोमय, सबका आदि (और) सीमारहित विराट रूप तुझको दिखलाया है, जिसे तेरे अतिरिक्त दूसरे किसी ने पहले नहीं देखा था।।४७।।

हे अर्जुन! मनुष्य लोक में इस प्रकार विश्व रूपवाला मैं न वेद और यज्ञों के अध्ययन से, न दान से, न क्रियाओं से और न उग्र तपों से (ही) तेरे अतिरिक्त दूसरे द्वारा देखा जा सकता हूँ।।४८।।

गीतार्थ : श्रीकृष्ण ने अर्जुन के सामने अपने विश्वरूप दर्शन का खुलासा किया। अर्थात उसके चेतना की सर्वव्यापकता का अनुभव करवाया। अर्जुन जान गया कि संपूर्ण सृष्टि उसी चेतना का रूप है। किसी शरीर की अपनी इतनी शक्ति नहीं। ईश्वर का अनुभव ईश्वर की कृपा से ही किया जा सकता है। उसकी सीमारहित विराटता का अनुभव वही बनकर किया जा सकता है। जिस क्षण आपका मन, बुद्धि अहंकार (मैं अलग) उस चेतना में लीन हो जाता है, आपका अपना अस्तित्त्व समाप्त हो जाता है और आप वही चेतना बन जाते हैं जैसे श्रीकृष्ण हैं।

श्रीकृष्ण अर्जुन से कहते हैं, 'मैंने अपनी योगशक्ति यानी कृपा के प्रभाव से यह मेरा परम तेजोमय, सबका आदि और सीमारहित विराट रूप तुम्हें दिखलाया है, जिसे तुम्हारे अतिरिक्त दूसरे किसी ने पहले नहीं देखा था।' यहाँ समझनेवाली बात यह है कि चेतना का विराट रूप चेतना के अतिरिक्त कोई दूसरा देख ही नहीं सकता है। जब तक उस शरीर में चेतना के अतिरिक्त कोई 'दूसरा' यानी अहंकार जाग्रत है, चेतना का अनुभव प्रकट नहीं हो सकता। जब यह दूसरा भी एक (चेतना) बन जाता है तभी स्वअनुभव प्रकट होता है।

आगे श्रीकृष्ण कहते हैं कि 'मनुष्यों में मेरा इस प्रकार विश्व रूपवाला अनुभव न वेद और यज्ञों के अध्ययन से, न दान से, न क्रियाओं से और न कठिन तपों से ही मिलता है। इसे कोई 'मैं' या कोई 'दूसरा' जान ही नहीं सकता है। जब वह दूसरा 'अहम् ब्रह्मास्मि' यानी 'मैं, तुम, वह, सब...वही एक ब्रह्म है' में स्थापित हो जाता है तभी मेरा यह रूप, यह अनुभव प्रकट होता है। 'अहम् ब्रह्मास्मि' ही मेरे विश्वरूप का सार है।

49-50

श्लोक अनुवाद : मेरे इस प्रकार के इस विकराल रूप को देखकर तुझको व्याकुलता नहीं होनी चाहिए और मूढ़भाव (भी) नहीं होना चाहिए। तू भयरहित (और) प्रीतियुक्त मनवाला होकर उसी मेरे इस (शंख–चक्र–गदा–पद्मयुक्त चतुर्भुज) रूप को फिर देख।।४९।।

उसके पश्चात् संजय बोले, हे राजन!– वासुदेव भगवान् ने अर्जुन के प्रति इस प्रकार कहकर फिर वैसे ही अपने चतुर्भुज रूप को दिखाया और फिर महात्मा श्रीकृष्ण ने सौम्यमूर्ति होकर इस भयभीत अर्जुन को धीरज दिया।।५०।।

गीतार्थ : यहाँ श्रीकृष्ण अर्जुन की भयभीत और विचलित अवस्था को समझते हुए उसका ढाढ़स बँधाते हैं और कहते हैं, 'तुम्हें मेरे विकराल रूप से डरने की ज़रूरत नहीं है। तुम निर्भय और प्रेम से भरकर मेरा चतुर्भुज रूप ही देखो।' जिसे देखकर अर्जुन को धीरज और शांति प्राप्त हुई।

यदि श्लोकों के शब्दों पर न जाते हुए उनमें छिपे अर्थ को पकड़ें तो अर्जुन की स्वअनुभव अवस्था चल रही है। चेतना के अलग–अलग रूप जैसे विश्वरूप, चतुर्भुज रूप, विकराल भयानक रूप आदि वह अपने भीतर ही देख रहा है। अच्छे–बुरे सभी अनुभव उसके भीतर ही उठ रहे हैं और श्लोकों में चेतना रूपी श्रीकृष्ण से जो उसका वार्तालाप दिखाया गया है, वह भी उसके भीतर ही चल रहा है। चेतना से संदेश आ रहे हैं और चेतना को ही फीडबैक दिए जा रहे हैं।

अपने अंदर चल रहे भयावह अनुभवों से जब अर्जुन भयभीत हो जाता है तो उसे चेतना संदेश देती है कि तुम्हें मेरे किसी भी रूप से भयभीत होने की ज़रूरत नहीं है। इसके बाद उसे सौम्य सुखद अनुभव हुए, जिसे श्लोकों में श्रीकृष्ण का चतुर्भुज रूप कहा गया है।

51

श्लोक अनुवाद : उसके पश्चात् अर्जुन बोले- हे जनार्दन! आपके इस अतिशांत मनुष्य रूप को देखकर अब (मैं) स्थिर-चित्त हो गया हूँ (और) अपनी स्वाभाविक स्थिति को प्राप्त हो गया हूँ।।५१।।

गीतार्थ : श्लोक के अनुसार, श्रीकृष्ण का विकराल रूप देखकर व्याकुल हुए अर्जुन ने उनसे वापस शांत मनोहारी मनुष्य स्वरूप में दर्शन देने की प्रार्थना की। श्रीकृष्ण के ऐसा करने पर उसकी व्याकुलता दूर हो गई। वह शांत चित्त और स्थिर हो गया। उसकी स्वाभाविक स्थिति लौट आई। इसका तात्पर्य यह है कि अब अर्जुन ध्यान में होनेवाले अलौकिक अनुभवों से बाहर आ चुका है। अब श्रीकृष्ण उसके समक्ष वापस उसके सखा और सारथी के सामान्य रूप में उपस्थित हैं। लेकिन अब अर्जुन को उनकी और स्वयं की पहचान हो चुकी है। वह जान चुका है कि श्रीकृष्ण और उसमें कोई भेद नहीं है। दोनों के शरीरों से एक ही चेतना अभिव्यक्त हो रही है।

यहाँ पर एक और समझनेवाली बात है। गीता के इस अध्याय में श्रीकृष्ण के बड़े अलौकिक रूपों का वर्णन हुआ है कि उनकी अनेक-अनेक, हज़ारों, सहस्त्रों, आकृतियाँ, रंग, रूप, भुजाएँ आदि हैं... इतना बड़ा मुख है...। ऐसे वर्णन पढ़कर लोगों को भ्रम हो जाता है कि गीता में तो ऐसा चतुर्भुज रूप बताया गया है। यदि हमें ऐसा रूप दिखाई दिया तो ही ईश्वर दर्शन हुआ है वरना नहीं...। ऐसा-ऐसा हुआ तो अनुभव है वरना नहीं...। धार्मिक पुस्तकों, ग्रंथों का हवाला देकर लोग अपनी बात सिद्ध करना चाहते हैं, उस पर तर्क करते हैं। मगर यह ध्यान का अनुभव है, यह 'अहम् ब्रह्मास्मि' का अनुभव है। ये अंदर हुआ है तो इसका एक निश्चित वर्णन बाहर कैसे हो सकता है?

अनुभव अंदर हुआ है और उसका बाहर वर्णन करने के लिए सबको छूट है, अपनी इच्छा से जिन शब्दों, जिन प्रतीकों-उपमाओं, चित्रों का...

जिसका चाहे प्रयोग कर लो मगर वह वर्णन अनुभव नहीं है। वह तो मात्र एक कोशिश है उसे बताने की। आप अपना अनुभव स्वयं बताएँ। आपके लिए वह चतुर्भुज रूप है, वही विश्व रूप है...।

आप अपनी डायरी में लिख सकते हैं। दूसरों की डायरी में न उलझें, न ही दूसरों को उलझाएँ। वरना दूसरे लोग जब किसी का अनुभव सुनते हैं तो परेशान हो जाते हैं कि अरे मुझे तो ऐसा अनुभव नहीं आता, इसे तो आता है। ऐसी कई पुस्तकें लोगों ने लिखी, जिन्होंने उसमें अपने ध्यान के अनुभव बताए हैं। फिर लोग वह पढ़-पढ़कर पहले खुश होते हैं कि हम भी ऐसा करेंगे तो हमें भी ऐसा अनुभव आएगा। बाद में बोलते हैं, 'मुझे तो ऐसा अनुभव आया ही नहीं।' तो इससे स्वअनुभव पाने की आसान चीज़ भी कठिन हो जाती है। अपने होने का एहसास, जो हमारे भीतर हमेशा चलनेवाला अनुभव है... इतना आसान है, वह पाना कठिन हो जाता है। क्योंकि हम दूसरों की डायरी के हिसाब से चलने की और पाने की कोशिश करते हैं। आपको ऐसी गलतियों से बचकर चलना है।

52-54

श्लोक अनुवाद : श्री भगवान् बोले, हे अर्जुन!- मेरा जो चतुर्भज रूप (तुमने) देखा है, यह सुदुर्दर्श है अर्थात् इसके दर्शन बड़े ही दुर्लभ हैं। देवता भी सदा इस रूप के दर्शन की आकांक्षा करते रहते हैं।।५२।।

और हे अर्जुन!- जिस प्रकार (तुमने) मुझको देखा है इस प्रकार चतुर्भुज रूपवाला मैं न वेदों से, न तप से, न दान से और न यज्ञ से (ही) देखा जा सकता हूँ।।५३।।

परन्तु हे परंतप अर्जुन! अनन्यभक्ति के* द्वारा इस प्रकार चतुर्भुज रूपवाला मैं प्रत्यक्ष देखने के लिए, तत्त्व से जानने के लिए तथा प्रवेश करने के लिए अर्थात् एकीभाव से प्राप्त होने के लिए भी शक्य (दी गई परिस्थितियों और संसाधनों से किया जा सकनेवाला) हूँ।।५४।।

अनन्यभक्ति का भाव अगले श्लोक में विस्तारपूर्वक कहा है।

अध्याय ११ : ५२-५४

गीतार्थ : यहाँ श्रीकृष्ण बड़े रहस्य की बात बता रहे हैं कि चेतना का दर्शन यानी स्वअनुभव एक ऐसा दुर्लभ अनुभव है, जिसे पाना मनुष्यों के लिए तो क्या देवताओं के लिए भी कठिन है।

मगर क्यों कठिन है? इसका जवाब भी वे अगले श्लोक में दे रहे हैं। स्वअनुभव पाना इसलिए कठिन है क्योंकि संसार में ईश्वर प्राप्ति के साधन के नाम पर जो-जो रीतियाँ जैसे- पूजा-अर्चना, कर्मकाण्ड, वेद पठन, तप, दान, यज्ञ, जप आदि प्रचलित हैं, उनसे यह नहीं पाया जा सकता।

मगर क्यों, ये विधियाँ तो सदियों से चली आ रही हैं, अनेक महान आत्माओं ने इन्हीं के द्वारा स्वअनुभव पाया, फिर सभी क्यों नहीं पा सकते? इस 'क्यों' का जवाब उन्होंने अगले श्लोक में दिया है। स्वअनुभव किसी विधि से नहीं बल्कि एक ही गुण से पाया जा सकता है, वह है 'अनन्यभक्ति' और अनन्यभक्ति की अवस्था में भक्त तभी पहुँच सकता है, जब उसके पास एक अति महत्वपूर्ण चीज़ हो- 'समझ'। क्योंकि बिना सही समझ के एक भक्त भी विधियों में, कर्मकाण्डों और अंधविश्वासों में उलझकर रह जाता है। दूसरों के अनुभवों की पर्सनल डायरियाँ उसे भ्रमित कर सकती हैं।

अर्जुन तो मनुष्य था मगर उसके पास श्रीकृष्ण जैसे गुरु थे। उन्होंने उसे गीता का ज्ञान सुनाकर स्टेप-बाय-स्टेप उसकी समझ बढ़ाई। अपने उपदेशों से उसकी भक्ति जाग्रत की जिस कारण उसने स्वअनुभव को पाया। प्रह्लाद तो राक्षस वंश से थे मगर उन्हें नारद जैसे गुरु मिले, जिनसे उन्हें ज्ञान और भक्ति का आशीर्वाद मिला।

कहने का तात्पर्य यह है कि मनुष्य हो, देवता हो या राक्षस... कोई किसी भी जाति का हो, स्वभाव का हो... उसका भूतकाल कैसा भी हो, यदि उसे सही समझ मिल जाती है... उसके हृदय में स्वअनुभव पाने की प्यास लग जाती है... उसके प्रति अनन्य भक्ति जग जाती है तो उसे स्वअनुभव अवश्य ही प्राप्त होता है।

जिन लोगों ने समझ और भक्ति के साथ यज्ञ, तप, दान आदि किए,

उनके आयोजन सफल हुए और जिनकी विधियों के पीछे समझ और भक्ति का अभाव था, उनके निष्फल हुए। क्योंकि सफलता की कुंजी विधियाँ नहीं बल्कि समझ (ज्ञान) और भक्ति ही है।

वेद तो परमचेतना के 'एकम्' रूप और 'अहम् ब्रह्मास्मि' की समझ का उद्घोष् सदियों से कर रहे हैं। मगर लोग उन्हें रट्टू तोते की तरह पढ़कर, याद करके उनका प्रयोग निरर्थक वाद-विवाद करने में करते हैं। वेदों की असली समझ उनके भीतर नहीं जाती क्योंकि उनमें भक्ति नहीं होती। अनन्य भक्ति जगने पर वेदों को पढ़ने की आवश्यकता नहीं रह जाती। वह भाव ही इंसान को अहंकार शून्य कर देता है।

इसी सत्य को बताते हुए श्रीकृष्ण कहते हैं- 'हे अर्जुन! अनन्यभक्ति के द्वारा मैं (चेतना) प्रत्यक्ष देखने (स्वअनुभव करने) के लिए, तत्त्व से जानने के लिए (सांख्ययोग की समझ) तथा एकीभाव (अहम् ब्रह्मास्मि की समझ) से प्राप्त होने के लिए भी शक्य (दी गई परिस्थितियों और संसाधनों से पाया जा सकनेवाला) हूँ।

अर्थात अनन्यभक्ति के द्वारा ही मुझे तत्त्व से जाना जा सकता है, मेरा अनुभव किया जा सकता है और मुझमे एकरूप या लीन होकर रहा जा सकता है।

55

श्लोक अनुवाद : हे अर्जुन! जो पुरुष केवल मेरे ही लिए सम्पूर्ण कर्तव्य-कर्मों को करनेवाला है, मेरे परायण है, मेरा भक्त है, आसक्तिरहित है (और) सम्पूर्ण भूतप्राणियों में वैरभाव से रहित है*, वह (अनन्यभक्तियुक्त पुरुष) मुझको (ही) प्राप्त होता है।।५५।।

गीतार्थ : कई बार लोगों के मन में यह सवाल आता है कि ईश्वर ने संसार

---

*सर्वत्र भगवद्बुद्धि हो जाने से उस पुरुष का अति अपराध करनेवाले में भी वैरभाव नहीं होता है, फिर औरों में तो कहना ही क्या है।

अध्याय ११ : ५५

क्यों बनाया, उसने इंसान की रचना क्यों की...? ईश्वर ने इंसान को अपने यंत्र के रूप में बनाया। इंसान के साकार शरीर के माध्यम से निराकार ईश्वर अपना अनुभव करना चाहता था... अपने गुणों की अभिव्यक्ति करना चाहता था... इसीलिए उसने इस संसार के रूप में अपना प्ले ग्राउंड बनाया ताकि वह इंसानी शरीर का प्रयोग कर नए-नए गुण... नई-नई संभावनाएँ एक्सप्लोर कर सके।

आप आए दिन अखबारों में, न्यूज चैनल में इंसानों के ऐसे कारनामे पढ़ते हैं कि आपको यकीन ही नहीं होता कि क्या कोई ऐसा भी कर सकता है। साहस, धैर्य, शक्ति, बल, पराक्रम, करुणा, सेवा, भक्ति... आदि ईश्वरीय गुणों की अभिव्यक्ति अलग-अलग शरीरों से हो रही है। मगर वे शरीर इस समझ से अनजान हैं कि वास्तव में वे कौन हैं... उनके शरीरों से कौन कार्य कर रहा है, कौन अभिव्यक्त हो रहा है? यदि उन सभी को यह समझ प्राप्त हो जाए तो वे अर्जुन की तरह बिना किसी दुविधाओं, संशयों, भय, मोह, दुर्भावना आदि विकारों में फँसे, अपने कर्तव्य कर्म कितनी अच्छी तरह से करेंगे और उच्चतम संभावनाओं को प्राप्त करेंगे।

वास्तव में इंसान के जीवन का यही मूल लक्ष्य है स्वयं को पहचानना (स्वअनुभव पाना) और उस अवस्था में रहते हुए संसार में ईश्वरीय गुणों की अभिव्यक्ति करना। इसी लक्ष्य को पूरा करने का रास्ता श्रीकृष्ण इस श्लोक में बता रहे हैं।

वे कहते हैं, किसी इंसान के लिए स्वअनुभव पाने के लिए जो अनिवार्यताएँ हैं, वे इस प्रकार हैं -

- 'वह केवल मेरे ही लिए संपूर्ण कर्तव्य-कर्मों को करनेवाला हो' यानी वह कर्मयोग का पालन करते हुए, फलों को ईश्वर को समर्पित कर उदासीन उत्साह से अपने करने योग्य समस्त कर्मों को करता जाए, उनसे विरक्त न हो।

- 'मेरे परायण हो और मेरा भक्त हो।' ये दोनों एक ही गुण हैं। ईश्वर परायण होने का अर्थ है सिर्फ ईश्वर में प्रीति हो, उसी में आसक्ति हो, माया में नहीं।

अध्याय ११ : ५५

देखा जाए तो एक भक्त ही ईश्वर परायण हो सकता है।

– 'आसक्तिरहित हो' ईश्वर परायण होने के साथ-साथ माया से आसक्ति भी छोड़ना ज़रूरी है क्योंकि आप एक साथ दो नावों में सवार होकर यात्रा पूरी नहीं कर सकते हैं। माया से आसक्ति छोड़ने का मतलब यह नहीं कि संसार में अपने काम करने छोड़ दें। माया में अपना रोल निभाएँ, कर्तव्य कर्म करें लेकिन इस समझ के साथ कि कर्म कौन कर रहा है।

'संपूर्ण भूत प्राणियों में वैर भाव से रहित हो।' जब सांख्ययोग की समझ मिलती है तो हर किसी में उसी चेतना का वास नज़र आता है। दूसरे मुझसे अलग नहीं हैं, वे भी वही हैं, जो मैं हूँ...। इस भाव में स्थापित होने पर सभी के प्रति वैर भाव मिट जाता है और प्रेम, दया करुणा, क्षमा के भाव उमड़ पड़ते हैं।

आगे श्रीकृष्ण कहते हैं, इन सभी गुणों को रखनेवाला मेरा अनन्यभक्त मुझ (स्वअनुभव) को ही प्राप्त होता है।

● **मनन प्रश्न :**

१. मनन करें संसार में ईश्वर प्राप्ति के कौन-कौन से साधन प्रचलित हैं, वे कभी सफल तो कभी असफल क्यों रहते हैं? वह कौन सा मूल गुण है जिससे स्वअनुभव प्राप्त होता है?

२. श्लोक ५५ में श्रीकृष्ण द्वारा बताए गए अनिवार्य गुणों पर मनन करें, जो स्वअनुभव पाने के लिए आवश्यक हैं?

● ● ●

परिशिष्ट

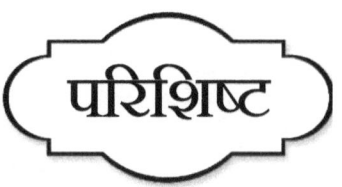

स्वअनुभव पाना ज़रूरी क्यों... विश्वरूप दर्शन योग ध्यान

यह तो आप सभी जानते हैं कि अर्जुन के मोह और विषाद (दुःख) के कारण उसे जीवन में गीता का अनमोल ज्ञान मिला। उसे ईश्वर का विश्वरूप दर्शन हुआ यानी स्वअनुभव प्राप्त हुआ। मान लीजिए, उसके जीवन में यह परिस्थिति उत्पन्न ही न हुई होती तो क्या होता...? यदि उसका जीवन सुखपूर्वक चल रहा होता, कौरव-पांडव आपस में प्रेम और सौहार्द से रह रहे होते तो क्या होता...? क्या तब भी उसके भीतर विश्वरूप दर्शन पाने की इच्छा जाग्रत होती... सत्य की प्रार्थना उठती...? शायद नहीं।

यदि श्रीकृष्ण उसे जबरदस्ती समझाते भी कि 'स्वअनुभव पाना तुम्हारा मूल लक्ष्य है... पहले उस पर ध्यान दो... मुझसे गीता सुनो...' तो वह क्या कहता...? शायद वही जो आज-कल बहुत से लोग कहते हैं, 'अभी नहीं, अभी तो बहुत काम है... बाद में देखेंगे... बिना स्वअनुभव पाए भी हमारा जीवन बढ़िया चल रहा है तो फिर हम क्यों इतनी मेहनत करें... आदि।

जीवन में सब कुछ बढ़िया चलते हुए भी, समय न होते हुए भी स्वअनुभव पाना क्यों ज़रूरी है, इसे हम एक उदाहरण से समझ सकते हैं। एक लड़का था, मानव, जिसके चाचा विदेश में बहुत बड़े साइंटिस्ट थे। एक दिन उन्होंने मानव को गिफ्ट में एक स्कूटर भिजवाया। लेकिन उसके साथ वे उसका मैन्यूअल रखना भूल गए, जिसमें उस स्कूटर संबंधी सभी जानकारियाँ थीं। जब तक मानव के पास वह

स्कूटर पहुँचा, दुर्भाग्यवश चाचाजी की आकस्मिक मृत्यु हो गई। इसलिए उसके पास कभी स्कूटर का मैन्यूअल पहुँच नहीं पाया।

मानव उस स्कूटर से बहुत खुश था क्योंकि वह दिखने में बहुत सुंदर था, बहुत तेज़ भी चलता था और कभी खराब नहीं होता था। मानव की ज़्यादा अच्छी नौकरी नहीं थी इसलिए वह कभी कार नहीं खरीद पाया। पर उसने सालोंसाल वह स्कूटर चलाया। लेकिन अपने मित्रों को देखकर या बारिश के मौसम में उसकी इच्छा होती कि काश उसके पास भी एक कार होती...। उसका हवाई जहाज़ की यात्रा करने का भी बहुत मन होता मगर उसके पास इतने पैसे नहीं थे...। फिर भी वह अपने स्कूटर से संतुष्ट था कि चलो कम से कम यह तो अच्छे से चल रहा है।

स्कूटर मिलने के बीस साल बाद एक दिन मानव को पोस्ट से उस स्कूटर का मैन्यूअल मिला जो उसकी चाची ने भेजा था। उन्हें चाचा की लाइब्रेरी की सफाई करते हुए सालों बाद वह मैन्यूअल मिला था। उसने मैन्यूअल पढ़ना शुरू किया तो उसके होश उड़ गए। जिसे वह स्कूटर समझ रहा था, वह बेहद करामाती वाहन था।

उसमें एक ऐसा बटन था, जिसे टच करने से वह खुलकर कार बन जाता। मानव को बेहद अफसोस हुआ कि पूरी उम्र वह स्कूटर पर बारिश में भीगता रहा, गर्मियों में, ट्रैफिक में परेशान होता रहा... काश, यह पहले किसी ने बताया होता।

उसने आगे मैन्यूअल पढ़ा तो अपनी सिर पीट लिया। उस स्कूटर में कुछ ऐसे बटन भी थे, जिन्हें दबाने पर उसे हेलिकॉप्टर भी बनाया जा सकता था। जिन चीज़ों के लिए वह पूरी उम्र (ताउम्र) तरसता रहा, वह तो उसके पास ही थी मगर सिर्फ जानकारी न होने के कारण वह उनका प्रयोग नहीं कर पाया। यह ऐसा ही हुआ जैसे कोई अज्ञान में किसी ने एक बेशकीमती हीरे को पूरी उम्र पेपरवेट की तरह इस्तेमाल करता रहा और उम्र भर अपनी गरीबी का रोना रोता रहा।

तो आप समझे कि आपके पास भी अनंत संभावनाओं से भरा शरीर रूपी स्कूटर है, जिसका आप पूरी तरह से उपयोग नहीं कर रहे हैं। जिस शरीर से स्वअनुभव पाकर ईश्वर बना जा सकता है, उस शरीर से आप साधारण इंसान बनकर दुःख, चिंताओं और तनावों से घिरा हुआ दयनीय जीवन जी रहे हैं।

अर्जुन को बड़ी विकट स्थिति में गीता की समझ मिली मगर आपको अभी इस पुस्तक के माध्यम से सहजता से मिल रही है। इसका लाभ लें और दिव्य जीवन

जीने की शुरुआत करें। इसके लिए हम यहाँ पर आपको एक ध्यान विधि दे रहे हैं। बिना किसी विचारों के पूर्व पैकेट और ध्यान की मान्यता के अपना अनुभव स्वयं प्राप्त करें। अपनी पर्सनल डायरी स्वयं तैयार करें।

आइए, शरीर के साथ दूरी बनाकर अपने होने के एहसास के साथ जोड़नेवाले इस ध्यान विधि को विस्तार से जानते हैं-

१) ध्यान की शुरुआत करने से पहले निर्धारित समय सीमा का बज़र सेट करें। आँखें बंद करने से पहले इसे पूरी तरह से पढ़कर समझ लें।

२) आँखें बंद करके ध्यान अवस्था में बैठने के बाद सबसे पहले अपना ध्यान साँसों पर दें। आपकी साँसें धीमे चल रही हों या तेज़, दोनों परिस्थितियों में अपनी साँसों को केवल देखें, उन्हें नियंत्रित करने की कोशिश न करें।

३) १ मिनट तक साँस को देखने के बाद अब तय करें कि दूसरे मिनट में आपकी साँस एक मिनट में केवल ७ बार चलनेवाली है। इसके लिए आपको अपनी साँसों की गति कम करनी है।

४) जैसे-जैसे साँसों की गति कम होती जाएगी, वैसे-वैसे स्वयं को सूचानाएँ दें कि साँसों के साथ-साथ आपका मन और बुद्धि भी धीरे-धीरे शांत होने लगे हैं।

५) जब आपका ध्यान आंतरिक शांति की तरफ मुड़ेगा तब अपने विवेक से स्वयं से सवाल पूछें, 'मैं कौन हूँ?' इस सवाल का जवाब विचारों से नहीं बल्कि उनके पीछे छिपे मौन से जानने की कोशिश करें।

६) अनासक्त अवस्था में शरीर और विचारों के साथ दूरी बनाते हुए स्वयं को जानने की कोशिश करें। अपने अनुभव से जानें कि इस क्षण जो साँस आपके अंदर चल रही है, वह आपके साथ नहीं बल्कि आपके शरीर के साथ है। शुरुआत में आपको यह मुश्किल लग सकता है मगर जब आप शरीर और विचारों से परे अपने होने के एहसास (आहा, तेजम, तेजस्थान, सेल्फ) में चले जाएँगे तब यह आसान होता जाएगा।

७) हो सकता है कि आपको विचारों से ध्यान हटाना मुश्किल लगे। ऐसे समय पर 'मैं कौन हूँ?' यह सवाल दोहराते रहें ताकि आहा पर ध्यान लगाना

आसान हो जाए। स्वयं को समझाएँ कि 'जैसे मैं दूरबीन से आसमान के तारे देख सकता हूँ, उसी तरह शरीर और विचारों के होने की वजह से अपने होने का एहसास कर पाता हूँ। जिस तरह दूरबीन मुझसे अलग होती है, उसी तरह मेरा शरीर और विचार भी मेरे होने के एहसास से अलग हैं।'

८) जब आप शरीर में उठनेवाले दर्द और विचारों से अपना ध्यान हटाएँगे तब आपके लिए स्वयं को देखना आसान होता जाएगा।

९) जैसे बिना हलन-चलन के पानी जब शांत होता है तब उसके तल में छिपे राज़ प्रकट होते हैं। उसी तरह शांत शरीर और मन से जब आप अपने होने के एहसास में जाएँगे तब स्वअनुभव प्रकट होने की शुरुआत होगी।

१०) स्वयं को बिना किसी आकार और लेबल के देखने की कोशिश करें। इस अवस्था में स्वयं से सवाल पूछें, 'इस वक्त मेरे अंदर क्या चल रहा है?'

११) जब आप बार-बार स्वयं से पूछेंगे, 'मैं कौन हूँ?' तब विचारों की गति स्वतः ही कम होती जाएगी। आपके अंदर शरीर से परे अपने होने का एहसास प्रकट होने में मदद मिलेगी। शरीर और विचारों को आप दूर से देख पाएँगे।

१२) आपके मन में चल रहे समस्याओं के विचार भी 'मैं कौन हूँ?' इस सवाल के साथ विलीन होने में मदद मिलेगी। अपने अंदर यह महसूस करें कि आप अपनी समस्याओं से भी जुदा हैं।

१३) आप जिस अनुभव का दर्शन कर रहे हैं, उसे शब्द देने की कोशिश करें। अलग-अलग शब्दों में उस अनुभव का वर्णन करें। अगर आप किसी कमरे में अकेले बैठे हैं और सहजता से संभव है तो अपने शब्दों को ज़ोर से भी बोल सकते हैं।

१४) अपने होने के एहसास से अगर आप आज़ाद महसूस कर रहे हैं तो स्वयं से कहें, 'मैं आज़ाद हूँ... मैं मुक्त हूँ...' इत्यादि। उस अनुभव का वर्णन करने के लिए आप जितने बेहतरीन शब्दों का उपयोग कर सकते हैं, उतना करें। पूरी कोशिश करें कि आपको जो अनुभव हो रहा है, उसे विभिन्न शब्दों में बयान किया जाए। एक कवि, चित्रकार या संगीतकार जिस शिद्दत से

अपनी कला पेश करते हैं, उसी तरह आप भी अपने अनुभव को शब्दों में प्रकट करें।

१५) स्वयं से पूछते रहें- 'मैं कौन हूँ?... मेरी आकृति क्या है?... मेरा रंग क्या है?... मेरा आकार क्या है?... मैं इस वक्त कौन सा अलौकिक अनुभव कर रहा हूँ?' अपने आपको इन सवालों के जवाब देते रहें।

१६) जब तक आपके सामने नए जवाब प्रकट नहीं होते तब तक आप ध्यान की शुरुआत में मिली हुई समझ के अनुसार जवाब दे सकते हैं, जैसे- मैं शरीर के पार हूँ... मैं विचारों से अलग हूँ... मैं ऐसा अनुभव हूँ, जिसमें सब कुछ समाया है... इस अनुभव का न आदी (आदि) है, न अंत है, न मध्य है, यह विस्तारित है... यह ब्रह्मांड के पार है... यह अनुभव सबमें है और किसी में नहीं है... इस अनुभव के अंदर सभी हैं और यह किसी के अंदर नहीं है... यह परमेश्वर है... यह परमात्मा है... हर ऋषि-मुनी ने इसी अनुभव को पाया है... आदि।'

१७) अपने अनुभव को विश्वास के साथ शब्द दें, आपकी वाणी को उसका कार्य बेहतरीन ढंग से करने दें।

१८) अनुभव का वर्णन करते वक्त किसी तरह की मर्यादा न मानें, जैसे मैं स्त्री हूँ... पुरुष हूँ... ओहदे या जाति में छोटा या बड़ा हूँ... आदि। इस तरह की हर सीमा को लाँघकर शुद्ध रूप में उपस्थित रहते हुए अपने आंतरिक अनुभव का वर्णन करें। आप जितने अलग-अलग शब्दों में अपने होने के एहसास का वर्णन कर सकते हैं, उतना करते जाएँ। कोशिश करें कि आपके अंदर बसी सभी सीमाएँ इस वर्णन से टूट जाएँ।

१९) वर्णन करते वक्त आपके शब्द सही हैं या गलत, इसे जाँचने की कोशिश न करें। केवल जो जान रहे हैं, उसे बयान करते जाएँ। आज तक आपने जो बेहतरीन शब्द नहीं कहें, उन्हें भी कहने का प्रयास करें। इस ध्यान द्वारा अपने अंदर विश्वरूप दर्शन योग महसूस करें।

२०) ध्यान में पूरी तरह से डूबकर आहा (अपने होने के एहसास) का गुणगान करते रहें और बज़र बजने के बाद धन्यवाद के साथ ध्यान समाप्त करें।

सरश्री अल्प परिचय

स्वीकार मुद्रा

    सरश्री की आध्यात्मिक खोज का सफर उनके बचपन से प्रारंभ हो गया था। इस खोज के दौरान उन्होंने अनेक प्रकार की पुस्तकों का अध्ययन किया। अपने आध्यात्मिक अनुसंधान के दौरान उन्होंने लगभग सभी ध्यान पद्धतियों का भी अभ्यास किया। उनकी इसी खोज ने उन्हें कई वैचारिक और शैक्षणिक संस्थानों की ओर बढ़ाया। जीवन का रहस्य समझने के लिए उन्होंने **एक लंबी अवधि तक मनन करते हुए अपनी खोज जारी रखी, जिसके अंत में उन्हें आत्मबोध प्राप्त हुआ।** आत्मसाक्षात्कार के बाद उन्होंने जाना कि **अध्यात्म का हर मार्ग जिस कड़ी से जुड़ा है वह है- समझ (अंडरस्टैण्डिंग)।** उसके बाद उन्होंने अपने तत्कालीन अध्यापन कार्य को विराम लगाते हुए, लगभग दो दशकों से भी अधिक समय अपना समस्त जीवन मानव कल्याण के आध्यात्मिक विकास हेतु अर्पण किया है।

    सरश्री कहते हैं, 'सत्य के सभी मार्गों की शुरुआत अलग-अलग प्रकार से होती है लेकिन सभी के अंत में एक ही समझ प्राप्त होती है। **'समझ' ही सब कुछ है और यह 'समझ' अपने आपमें पूर्ण है।** आध्यात्मिक ज्ञान प्राप्ति के लिए इस 'समझ' का श्रवण ही पर्याप्त है।' इसी समझ को उजागर करने के लिए उन्होंने आज तक **तीन हज़ार से अधिक आध्यात्मिक विषयों पर प्रवचन दिए हैं**, जिनके द्वारा वे अध्यात्म की गहरी संकल्पनाएँ सीधे और व्यावहारिक रूप में समझाते हैं। समाज के हर स्तर का इंसान सरश्री द्वारा बताई जा रही समझ का लाभ ले सकता है।

यह समझ हरेक को अपने अनुभव से प्राप्त हो इसलिए सरश्री ने '**महाआसमानी परम ज्ञान शिविर**' और उसके लिए आवश्यक कार्यप्रणाली (सिस्टम) की रचना की है, **जिसका लाभ लाखों खोजी ले रहे हैं।** यह व्यवस्था आय.एस.ओ. (ISO 9001:2015) प्रमाणित है, जिसने अनेक लोगों को सत्य की राह पर चलने की प्रेरणा दी है। इसी समझ के प्रचार और प्रसार के लिए उन्होंने 'तेजज्ञान फाउण्डेशन' नामक आध्यात्मिक संस्था की नींव रखी है। इस संस्था का मुख्य उद्देश्य है- '**हॅपी थॉट्स द्वारा उच्चतम विकसित समाज का निर्माण**'।

विश्व का हर इंसान आज सरश्री के मार्गदर्शन का लाभ ले सकता है, जिसके लिए किसी भी धर्म, जाति, उपजाति, वर्ण, पंथ, रंग या लिंग का बंधन नहीं है। विश्व के हर कोने में बसे लोग आज तेजज्ञान की इस अनूठी ज्ञान प्रणाली (System for Wisdom) का लाभ ले रहे हैं। इस व्यवस्था के एक हिस्से के रूप में **लाखों लोग रोज़ सुबह और रात को ९ बजकर ९ मिनट पर विश्व शांति के लिए प्रार्थना करते हैं।**

सरश्री को **बेस्टसेलर पुस्तक 'विचार नियम' श्रृंखला के रचनाकार** के रूप में भी जाना जाता है, जिसकी **१ करोड़ से ज़्यादा प्रतियाँ केवल ५ सालों** में वितरित हो चुकी हैं। इसके अलावा उन्होंने विविध विषयों पर **१०० से अधिक पुस्तकों का लेखन** किया है, जिनमें से 'विचार नियम', 'स्वसंवाद का जादू', 'स्वयं का सामना', 'स्वीकार का जादू', 'निःशब्द संवाद का जादू', 'संपूर्ण ध्यान' आदि पुस्तकें बेस्टसेलर बन चुकी हैं। ये पुस्तकें दस से अधिक भाषाओं में अनुवादित की जा चुकी हैं और प्रमुख प्रकाशकों द्वारा प्रकाशित की गई हैं, जैसे पेंगुइन बुक्स, जैको बुक्स, मंजुल पब्लिशिंग हाऊस, प्रभात प्रकाशन, राजपाल ॲण्ड सन्स, पेंटागॉन प्रेस, सकाळ प्रकाशन इत्यादि।

तेजज्ञान फाउण्डेशन – परिचय

तेजज्ञान फाउण्डेशन आत्मविकास से आत्मसाक्षात्कार प्राप्त करने का एक रास्ता है। इसके लिए सरश्री द्वारा एक अनूठी बोध पद्धति (System for Wisdom) का सृजन हुआ है। इस पद्धति को अन्तर्राष्ट्रीय मानक ISO 9001:2015 के आवश्यकताओं एवं निर्देशों के अनुरूप ढालकर सरल, व्यावहारिक एवं प्रभावी बनाया गया है।

इस संस्था की बोध पद्धति के विभिन्न पहलुओं (शिक्षण, निरीक्षण व गुणवत्ता) को स्वतंत्र गुणवत्ता परीक्षकों (Quality Auditors) द्वारा क्रमबद्ध तरीके से जाँचा गया। जिसके बाद इन पहलुओं को ISO 9001:2015 के अनुरूप पाकर, इस बोध पद्धति को प्रमाणित किया गया है।

फाउण्डेशन का लक्ष्य आपको नकारात्मक विचार से सकारात्मक विचार की ओर बढ़ाना है। सकारात्मक विचार से शुभ विचार यानी हॅपी थॉट्स (विधायक आनंदपूर्ण विचार) और शुभ विचार से निर्विचार की ओर बढ़ा जा सकता है। निर्विचार से ही आत्मसाक्षात्कार संभव है। शुभ विचार (Happy Thoughts) यानी यह विचार कि 'मैं हर विचार से मुक्त हो जाऊँ।' शुभ इच्छा यानी यह इच्छा कि 'मैं हर इच्छा से मुक्त हो जाऊँ।'

ज्ञान का अर्थ है सामान्य ज्ञान लेकिन तेजज्ञान यानी वह ज्ञान जो ज्ञान व अज्ञान के परे है। कई लोग सामान्य ज्ञान की जानकारी को ही ज्ञान समझ लेते हैं लेकिन असली ज्ञान और जानकारी में बहुत अंतर है। आज लोग सामान्य ज्ञान के जवाबों को ज़्यादा महत्त्व देते हैं। उदाहरण के तौर पर कर्म और भाग्य, योग और प्राणायाम, स्वर्ग और नर्क इत्यादि। आज के युग में सामान्य ज्ञान प्रदान करनेवाले लोग और शिक्षक कई मिल जाएँगे मगर इस ज्ञान को पाकर जीवन में कोई बड़ा परिवर्तन नहीं होता। यह ज्ञान या तो केवल बुद्धि विलास है या फिर अध्यात्म के नाम पर बुद्धि का व्यायाम है।

सभी समस्याओं का समाधान है- तेजज्ञान। भय से मुक्ति, चिंतारहित व क्रोध से आज़ाद जीवन है- तेजज्ञान। शारीरिक, मानसिक, सामाजिक, आर्थिक और आध्यात्मिक उन्नति के लिए है- तेजज्ञान। तेजज्ञान आपके अंदर है, आएँ और इसे पाएँ।

यदि आप ऐसा ज्ञान चाहते हैं, जो सामान्य ज्ञान के परे हो, जो हर समस्या का समाधान हो, जो सभी मान्यताओं से आपको मुक्त करे, जो आपको ईश्वर का साक्षात्कार कराए, जो आपको सत्य पर स्थापित करे तो समय आ गया है तेजज्ञान को जानने का। समय आ गया है शब्दोंवाले सामान्य ज्ञान से उठकर तेजज्ञान का अनुभव करने का।

अब तक अध्यात्म के अनेक मार्ग बताए गए हैं। जैसे जप, तप, मंत्र, तंत्र, कर्म, भाग्य, ध्यान, ज्ञान, योग और भक्ति आदि। इन मार्गों के अंत में जो समझ, जो बोध प्राप्त होता है, वह एक ही है। सत्य के हर खोजी को अंत में एक ही समझ मिलती है और इस समझ को सुनकर भी प्राप्त किया जा सकता है। उसी समझ को सुनना यानी तेजज्ञान प्राप्त करना है। तेजज्ञान के श्रवण से सत्य का साक्षात्कार होता है, ईश्वर का अनुभव होता है। यही तेजज्ञान सरश्री महाआसमानी शिविर में प्रदान करते हैं।

महाआसमानी परम ज्ञान
शिविर परिचय और लाभ (निवासी)

क्या आपको उच्चतम आनंद पाने की इच्छा है? ऐसा आनंद, जो किसी कारण पर निर्भर नहीं है, जिसमें समय के साथ केवल बढ़ोतरी ही होती है। क्या आप इसी जीवन में प्रेम, विश्वास, शांति, समृद्धि और परमसंतुष्टि पाना चाहते हैं? क्या आप शारीरिक, मानसिक, सामाजिक, आर्थिक और आध्यात्मिक इन सभी स्तरों पर सफलता हासिल करना चाहते हैं? क्या आप 'मैं कौन हूँ' इस सवाल का जवाब अनुभव से जानना चाहते हैं।

यदि आपके अंदर इन सवालों के जवाब जानने की और 'अंतिम सत्य' प्राप्त करने की प्यास जगी है तो तेजज्ञान फाउण्डेशन द्वारा आयोजित 'महाआसमानी शिविर' में आपका स्वागत है। यह शिविर पूर्णतः सरश्री की शिक्षाओं पर आधारित है। सरश्री आज के युग के आध्यात्मिक गुरु और 'तेजज्ञान फाउण्डेशन' के संस्थापक हैं, जो अत्यंत सरलता से आज की लोकभाषा में आध्यात्मिक समझ प्रदान करते हैं।

महाआसमानी शिविर का उद्देश्य :

इस शिविर का उद्देश्य है, 'विश्व का हर इंसान 'मैं कौन हूँ' इस सवाल का

जवाब जानकर सर्वोच्च आनंद में स्थापित हो जाए।' उसे ऐसा ज्ञान मिले, जिससे वह हर पल वर्तमान में जीने की कला प्राप्त करे। भूतकाल का बोझ और भविष्य की चिंता इन दोनों से वह मुक्त हो जाए। हर इंसान के जीवन में स्थायी खुशी, सही समझ और समस्याओं को विलीन करने की कला आ जाए। मनुष्य जीवन का उद्देश्य पूर्ण हो।

'मैं कौन हूँ? मैं यहाँ क्यों हूँ? मोक्ष का अर्थ क्या है? क्या इसी जन्म में मोक्ष प्राप्ति संभव है?' यदि ये सवाल आपके अंदर हैं तो महाआसमानी शिविर इसका जवाब है।

महाआसमानी शिविर के मुख्य लाभ :

इस शिविर के लाभ तो अनगिनत हैं मगर कुछ मुख्य लाभ इस प्रकार हैं-

* जीवन में दमदार लक्ष्य प्राप्त होता है।
* 'मैं कौन हूँ' यह अनुभव से जानना (सेल्फ रियलाइजेशन) होता है।
* मन के सभी विकार विलीन होते हैं।
* भय, चिंता, क्रोध, बोरडम, मोह, तनाव जैसी कई नकारात्मक बातों से मुक्ति मिलती है।
* प्रेम, आनंद, मौन, समृद्धि, संतुष्टि, विश्वास जैसे कई दिव्य गुणों से युक्ति होती है।
* सीधा, सरल और शक्तिशाली जीवन प्राप्त होता है।
* हर समस्या का समाधान प्राप्त करने की कला मिलती है।
* 'हर पल वर्तमान में जीना' यह आपका स्वभाव बन जाता है।
* आपके अंदर छिपी सभी संभावनाएँ खुल जाती हैं।
* इसी जीवन में मोक्ष (मुक्ति) प्राप्त होता है।

महाआसमानी शिविर में भाग कैसे लें?

इस शिविर में भाग लेने के लिए आपको कुछ खास माँगें पूरी करनी होती हैं। जैसे-

१) आपकी उम्र कम से कम अठारह साल या उससे ऊपर होनी चाहिए।

२) आपको सत्य स्थापना शिविर (फाउण्डेशन ट्रुथ रिट्रीट) में भाग लेना होगा, जहाँ

आप सीखेंगे- वर्तमान के हर पल को कैसे जीया जाए और निर्विचार दशा में कैसे प्रवेश पाएँ।

३) आपको कुछ प्राथमिक प्रवचनों में उपस्थित होना है, जहाँ आप बुनियादी समझ आत्मसात कर, महाआसमानी शिविर के लिए तैयार होते हैं।

यह शिविर साल में चार या पाँच बार आयोजित होता है, जिसका लाभ हज़ारों खोजी उठाते हैं। इस शिविर की तैयारी आगे दिए गए स्थानों पर कराई जाती है। पुणे, मुंबई, दिल्ली, सांगली, सातारा, जलगाँव, अहमदाबाद, कोल्हापुर, नासिक, अहमदनगर, औरंगाबाद, सूरत, बरोडा, नागपुर, भोपाल, रायपुर, चेन्नई, वर्धा, अमरावती, चंद्रपुर, यवतमाल, रत्नागिरी, लातूर, बीड, नांदेड, परभणी, पनवेल, ठाणे, सोलापुर, पंढरपुर, अकोला, बुलढाणा, धुले, भुसावल, बैंगलोर, बेलगाम, धारवाड, भुवनेश्वर, कोलकत्ता, राँची, लखनऊ, कानपुर, चंदीगढ़, जयपुर, पणजी, म्हापसा, इंदौर, इटारसी, हरदा, विदिशा, बुरहानपुर।

आप महाआसमानी की तैयारी फाउण्डेशन में उपलब्ध सरश्री द्वारा रचित पुस्तकों, सी.डी. और कैसेटस् सुनकर कर सकते हैं। इसके अलावा आप टी.वी., रेडियो और यू ट्यूब पर सरश्री के प्रवचनों का लाभ भी ले सकते हैं मगर याद रहे, ये पुस्तकें, कैसेट, टी.वी., रेडियो और यू ट्यूब के प्रवचन शिविर का परिचय मात्र है, तेजज्ञान नहीं। आप महाआसमानी शिविर में भाग लेकर ही तेजज्ञान का आनंद ले सकते हैं। आगामी महाआसमानी शिविर में अपना स्थान आरक्षित करने के लिए संपर्क करें : 09921008060/75, 9011013208

महाआसमानी शिविर स्थान :

यह शिविर पुणे में स्थित मनन आश्रम पर आयोजित किया जाता है। इस शिविर के लिए भोजन और रहने की व्यवस्था की जाती है। यदि आपको कोई शारीरिक बीमारी है और आप नियमित रूप से दवाई ले रहे हैं तो कृपया अपनी दवाइयाँ साथ में लेकर आएँ। वातावरण अनुसार गरम कपड़े, स्वेटर, ब्लैंकेट आदि भी लाएँ।

'मनन आश्रम' पुणे शहर के बाहरी क्षेत्र में पहाड़ों और निसर्ग के असीम सौंदर्य के बीच बसा हुआ है। इस आश्रम में पुरुषों और महिलाओं के लिए अलग-अलग, कुल मिलाकर 700 से 800 लोगों के रहने की व्यवस्था है। यह आश्रम पुणे शहर से 17 किलो मीटर की दूरी पर है। हवाई अड्डा, हाइवे और रेलवे से पुणे आसानी से आ-जा सकते हैं।

मनन आश्रम : मनन आश्रम, पुणे, सर्वे नं. ४३, सनस नगर, नांदोशी गाँव, किरकट वाडी फाटा, तहसील – हवेली, जिला : पुणे – ४११०२४. फोन : 09921008060

अब एक क्लिक पर ही शिविर का रजिस्ट्रेशन !

तेजज्ञान फाउण्डेशन की इन शिविरों के लिए
अब आप ऑनलाईन रजिस्ट्रेशन भी कर सकते हैं–

* महाआसमानी परम ज्ञान शिविर परिचय और लाभ (पाँच दिवसीय निवासी शिविर)
* मैजिक ऑफ अवेकनिंग (केवल अंग्रेजी भाषा जाननेवालों के लिए तीन दिवसीय निवासी शिविर)
* मिनी महाआसमानी (निवासी) शिविर, युवाओं के लिए

रजिस्ट्रेशन के लिए आज ही लॉग इन करें

सरश्री द्वारा रचित श्रेष्ठ पुस्तकें

क्षमा का जादू

क्षमा माँगने की क्षमता को जानकर, हर दु:ख से मुक्ति पाएँ

Total Pages- 192 Price - 100/-

क्या आप स्वयं से प्रेम करते हैं? क्या आप हमेशा खुश रहना चाहते हैं? क्या आप अपने पारिवारिक, सामजिक, व्यावसायिक रिश्तों को मधुर और मजबूत बनाना चाहते हैं? क्या आप जीवन में सफलता की सीढ़ियाँ चढ़ना चाहते हैं? यदि 'हाँ' तो आपको बस एक ही शब्द कहना सीखना है, 'सॉरी' यानी 'मुझे माफ करें'। सॉरी, क्षमा, माफी... भाषा चाहे कोई भी हो, पूरे दिल से माँगी गई माफी आपके जीवन में चमत्कार कर सकती है। प्रस्तुत पुस्तक आपको क्षमा माँगने की सही कला सिखाने जा रही है। इसमें आप सीखेंगे- * क्षमा कब-कब, किससे और कैसे माँगे? * दूसरों को क्यों और कैसे माफ करें? * अपने सभी कर्मबंधनों को क्षमा के द्वारा कैसे मिटाएँ? * क्षमा के द्वारा सुख-दु:ख के पार पहुँचकर सदा आनंदित कैसे रहें?

ध्यान नियम

ध्यान योग नाइन्टी

Total Pages- 176 Price - 160/-

ध्यान नियम- यह नियम केवल ध्यान का नियम नहीं बल्कि हमारे जीवन का एक नियम है। यह नियम ध्यान का एक ऐसे रहस्य को उजागर करता है जिसे जानकर आप जीवन की कई उलझनों को सुलझा पाएँगे। ध्यान का रहस्य एक सुंदर ऐनालॉजी के जरिए आपके सामने रखा गया है ताकि आप आसानी से इसे समझ पाएँ। इस कहानी के प्रतीक से हमें अपने शरीर और मन की वृत्तियों के बारे में पता चलेगा तथा ध्यान की आवश्यकता क्यों है, यह भी समझ में आएगा। ध्यान से संबंधित कई सवालों के जवाब आपको इस पुस्तक में मिलेंगे और साथ ही ध्यान से होनेवाले लाभ भी आपको समझ में आएँगे।

स्वयं का सामना

हरक्युलिस की आंतरिक खोज

Total Pages- 272   Price - 150/-

प्रस्तुत पुस्तक में न्याय, स्वास्थ्य, खुशी और रिश्तों पर अनोखी समझ देनेवाली अद्भुत खोज की प्रणाली दी गई है, जो व्यक्तित्व विकास के लिए एक महत्वपूर्ण रचना है। इस पुस्तक में एक अनोखे ढंग से आत्मपरीक्षण तथा आत्मदर्शन करवाया गया है। हँसते-खेलते छोटे-छोटे कथानकों के माध्यम से इस सत्य को प्रकाश में लाया गया है कि किस तरह से दूसरों के प्रति की गई शिकायत की जड़ हमारे अंदर ही छिपी होती है। पुस्तक में भिन्न-भिन्न किरदारों द्वारा जीवन में होनेवाली उन सामान्य घटनाओं पर खोज करवाई गई है, जो आए दिन उन्हें दुःख देती रहती हैं।

ईश्वर से मुलाकात

तुम्हें जो लगे अच्छा वही मेरी इच्छा

Total Pages- 176   Price - 175/-

एक बच्चे ने देखा कि कैसे मेरे माता-पिता रोज मंदिर आते हैं...ईश्वर की मूरत के आगे सिर झुकाते हैं। यहाँ से थोड़ा-सा अमृत मिलने पर भी स्वयं को तृप्त महसूस करते हैं... रोज ईश्वर से बातें करते हैं...।

तो उसके मन में प्रश्न उठा कि 'हम तो रोज ईश्वर से बात करते हैं, ऐसा दिन कब आएगा, जब ईश्वर भी हमसे बात करेगा, हमसे मुलाकात करेगा?' उस बच्चे का यह विचार उसकी प्रार्थना बन गया। इस प्रार्थना के बाद उस बच्चे को ईश्वर की सबसे खूबसूरत मियामत मिली- 'भक्ति'; और वह बच्चा कहीं और नहीं, आपके अंदर है। भक्ति नियामत ईश्वर से मिलने का सबसे सहज व सरल मार्ग है। तो आइए, इस पुस्तक के ज़रिए भक्ति की इस खूबसूरत नियामत को समझें और कहें, 'तुम्हें जो लगे अच्छा, वही मेरी इच्छा।'

तेज्ञान फाउण्डेशन के नए
YouTube - "Happy Thoughts Channel" पर
'संपूर्ण जीवन दर्शन-365 सवाल' श्रृंखला का लाभ लें

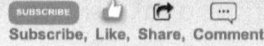

आत्मविकास से आत्मसाक्षात्कार की यात्रा

'संपूर्ण जीवन दर्शन' यह 365 सवालों की श्रृंखला है जो जीवन के सभी आयाम जैसे अध्यात्म, कर्म, भाग्य, ज्ञान, ध्यान, प्रार्थना, भक्ति, जन्म, मृत्यु, क्षमा, स्वास्थ्य, समृद्धि, खुशी, रिश्ते-नाते, विकास, सफलता इत्यादि सभी आयामों पर एक नई रोशनी डालती है। 365 सवालों की यह श्रृंखला आपको आत्मविकास से आत्मसाक्षात्कार की मंज़िल तक पहुँचने में सहायता करेगी।

☞ "Happy Thoughts Channel" को आज ही सबस्क्राइब करें

– तेजज्ञान इंटरनेट रेडियो –

२४ घंटे और ३६५ दिन सरश्री के प्रवचन और भजनों का लाभ लें,
तेजज्ञान इंटरनेट रेडियो द्वारा। देखें लिंक
http://www.tejgyan.org/internetradio.aspx

हर रविवार सुबह १०.०५ से १०.१५ तक रेडियो विविध भारती, एफ. एम. पुणे पर 'हॅपी थॉट्स कार्यक्रम'

www.youtube.com/tejgyan
पर भी सरश्री के प्रवचनों का लाभ ले सकते हैं।
For online shoping visit us - www.tejgyan.org,
www.gethappythoughts.org

पुस्तकें प्राप्त करने के लिए नीचे दिए गए पते पर मनीऑर्डर द्वारा पुस्तक का मूल्य भेज सकते हैं। पुस्तकें रजिस्टर्ड, कुरियर अथवा वी.पी.पी. द्वारा भेजी जाती हैं। पुस्तकों के लिए नीचे दिए गए पते पर संपर्क करें।

* WOW Publishings Pvt. Ltd. रजिस्टर्ड ऑफिस-E-4, वैभव नगर, तपोवन मंदिर के नज़दीक, पिंपरी, पुणे- 411017
* पोस्ट बॉक्स नं. 36, पिंपरी कॉलोनी पोस्ट ऑफिस, पिंपरी, पुणे - 411017

फोन नं.: 09011013210 / 9623457873

आप ऑन-लाइन शॉपिंग द्वारा भी पुस्तकों का ऑर्डर दे सकते हैं।
लॉग इन करें - www.gethappythoughts.org
300 रुपयों से अधिक पुस्तकें मँगवाने पर 10% की छूट और फ्री शिपिंग।

e-mail
mail@tejgyan.com

website
www.tejgyan.org, www.gethappythoughts.org

- विश्व शांति प्रार्थना -

'पृथ्वी पर सफेद रोशनी (दिव्य शक्ति) आ रही है।
पृथ्वी से सुनहरी रोशनी (चेतना) उभर रही है।
विश्व से सारी नकारात्मकता दूर हो रही है।
सभी प्रेम, आनंद और शांति के लिए
खुल रहे हैं, खिल रहे हैं।'

यह 'सामूहिक अव्यक्तिगत प्रार्थना' तेजज्ञान फाउण्डेशन के सदस्य पिछले कई सालों से निरंतरता से कर रहे हैं। खुश लोग यह प्रार्थना कर सकते हैं और बीमार, दुःखी लोग उस वक्त एक जगह बैठकर इस प्रार्थना को ग्रहण कर स्वास्थ्य लाभ पा सकते हैं।

यदि इस वक्त आप परेशान या बीमार हैं तो रोज सुबह या रात 9:09 को केवल ग्रहणशील होकर इस भाव से बैठें कि 'स्वास्थ्य और शांति की सफेद रोशनी जो इस वक्त प्रार्थना में बैठे कई लोगों द्वारा नीचे पृथ्वी पर उतर रही है, वह मुझमें भी अपना कार्य कर रही है। मैं स्वस्थ और शांत हो रहा हूँ।' कुछ देर इस भाव में रहकर आप सबको धन्यवाद देकर उठें।

तेजज्ञान फाउण्डेशन – मुख्य शाखाएँ

पुणे (रजिस्टर्ड ऑफिस)

विक्रांत कॉम्प्लेक्स, तपोवन मंदिर के नज़दीक,

पिंपरी, पुणे-४११ ०१७. फोन : 020-27411240, 27412576

मनन आश्रम

सर्वे नं. ४३, सनस नगर, नांदोशी गाँव, किरकटवाडी फाटा,

तहसील- हवेली, जिला- पुणे - ४११ ०२४.

फोन : 09921008060

e-books

•The Source •Complete Meditation

•Ultimate Purpose of Success •Enlightenment

•Inner Magic •Celebrating Relationships

•Essence of Devotion •Master of Siddhartha

•Self Encounter, and many more.

Also available in Hindi at www. gethappythoughts.org

e-magazines

emagazines available on www.magzter.com

यह पुस्तक पढ़ने के बाद आप अपना अभिप्राय (विचार सेवा) इस पते पर भेज सकते हैं ... Tejgyan Global Foundation, Pimpri Colony Post office, P.O. Box 25, Pune - 411 017. Maharashtra (India).

www.ingramcontent.com/pod-product-compliance
Lightning Source LLC
La Vergne TN
LVHW041843070526
838199LV00045BA/1407
* 9 7 8 9 3 8 7 6 9 6 3 8 9 *